「あ、あ、ぁ……や、あ……もう、無理……っ」

「ああ、もう一度で終わりにしよう。――――少し激しくするぞ」

男はそう言うと晴の腰を強く摑み、激しく突き入れ始める。

「や…ぁっ、ああっ」

聖女じゃないと
追い出されましたが
竜人に愛されて幸せです

聖女じゃないと追い出されましたが竜人に愛されて幸せです

天野かづき

23795

角川ルビー文庫

目次

口絵・本文イラスト／蓮川愛

思えば今日は、朝からついていない日だったと、中江晴《なかえはる》は思う。

まずは、スマホの充電《じゅうでん》をして寝《ね》たはずが、できていなくてアラームが鳴らなかった。その後、出掛《でか》ける支度《したく》をしていたところでマンションの廊下《ろうか》の火災報知器が鳴り響《ひび》き、確認《かくにん》などに時間を取られているうちに出るのが遅《おく》れそうになる。

ようやく家を出た途端《とたん》に雨が降り始め、慌《あわ》てて傘《かさ》を取りに戻《もど》ったけれど、駅に着く頃《ころ》には止《や》んでいた。その上電車が遅延《ちえん》していたせいで、朝のラッシュ並みに混《こ》み合った電車で痴漢《ちかん》に遭《あ》い、なんとか待ち合わせ場所についていて食事をしたまではよかったけれど、店を出てしばらく歩いたところで傘を置き忘れてきたことに気付いて取りに戻ることになった。

そうして、ようやく恋人《こいびと》のマンションについたと思ったら、部屋の前には見知らぬ女性がいて、エレベータの中でキスしているのを見られてしまい……。

――――まさかの修羅場《しゅらば》である。

「だから、落ち着けって、咲茉《えま》ぁ」

「そもそもなんで男なの!?　それが一番あり得ないんだけど？」

叫《さけ》ぶような声で責め立てて、咲茉と呼ばれた女性が晴を指さす。そうしながらも、視線の先にいるのは別の男だ。晴よりも幾分《いくぶん》背の高いその男は神崎《かんざき》といって、晴の恋人のはず、だった。少なくとも、ほんの十分ほど前までは、そうだと信じていたのだが、今はもう疑わしい。

目の前で起こっている修羅場を、晴はぼんやりと見つめていた。もちろん、この修羅場において晴は自分が一傍観者《いちぼうかんしゃ》の立場でないことは、理解している。だが、あまりにも理不尽《りふじん》な状況《じょうきょう》に置かれると、感情がついてこられずに呆然《ぼうぜん》としてしまう。それは、晴の心の癖《くせ》のようなものだった。

とは言え、ついてこないのは感情だけだから、状況ははっきりと分かっている。

どうやら、自分は神崎に二股《ふたまた》を掛《か》けられていたらしい。咲茉の立場からすると、晴が浮気《うわき》相手、ということになるのだろう。

「マジ無理。男と並べられてたとか、考えただけで吐《は》き気がするわ……男の尻《しり》に突《つ》っ込んだモノが自分の中に入ったとか、サイテーもサイテーよ！」

まるで品のない言葉に神崎は、ぱっと表情を明るくする。

「それなら安心しろって。こいつとはまだだったからさ」

「ハァ？」

咲茉がドスのきいた声を出し、ヘラヘラと笑う神崎を睨《にら》む。一拍《いっぱく》置いて神崎の言葉の意味を理解したようだったが、それで怒《いか》りが収まる様子はない。

晴自身は、あまりに軽薄《けいはく》な言い訳に呆《あき》れるほかなかった。

確かに、自分はまだ神崎と寝てはいない。自宅に誘《さそ》われたこともあって、今日はそうなるかもしれないとは思っていたが、まだ部屋に足を踏《ふ》み入れていないのだから。

もちろんその気はとっくになくなったし、できることならもうこの場から去りたいという気持ちでいっぱいだった。

神崎のことはいいなと思っていたし、だからこそ恋人になったつもりであったけれど、二股を掛けられていたという事実や、この期《ご》に及《およ》んでヘラヘラとした態度を崩《くず》さず悪びれない様子などを見れば百年の恋も冷めようというものだ。

これまでの人生でずっと、ごく当たり前に男に愛される女性という性に敗北を感じ続けていた。神崎はそんな晴に初めてできた恋人だったのだ。それが、よりによって女性と二股をかけられていたと知って、心が折れないはずがない。少なくとも、晴には咲茉のように神崎に詰《つ》め寄る気力はなかった。

せめて、二股の相手も男だったなら、どっちが本命だったのかと詰め寄ることもできたかもしれないけれど……。

現実逃避《とうひ》だったのだとは思う。けれど、まるで人ごとのように神崎と、それを怒鳴《どな》りつける咲茉を眺《なが》めていたことが彼女の逆鱗《げきりん》に触《ふ》れたらしい。

「あんたも自分には関係ないみたいなツラしてんじゃないわよ!!　人の男に手ぇ出してタダで

済むと思ってないでしょうね⁉」

突然《とつぜん》、こちらに向かって咲茉が足を踏み出した。怒りに燃える目は吊《つ》り上がり、射殺しそうな強さでまっすぐに晴を睨みつけている。

けれど、それが悪かったのだろう。いや、それだけではない。晴が二人から距離《きょり》を取るように、階段の近くにいたことも災いした。

勢いよくこちらに手を伸《の》ばし、足を進めていた咲茉は、足下《あしもと》に一切《いっさい》の注意を払《はら》っておらず何かに躓《つまず》いた。そして、そのままの勢いで晴を強く押す。

あ、と思ったときにはバランスを崩していた。

悲鳴を上げる余裕《よゆう》すらなく、晴の体が咲茉ごと手すりに強く打ち付けられ、そのまま手すりを乗り越《こ》えるようにして落ちる。

内臓の浮《う》くような不快感。しかし悲鳴が喉《のど》を突き破るより前に、酷《ひど》い衝撃《しょうげき》とぐしゃりと何かが潰《つぶ》れた音を聞いた気がした。

――あ、死んだ。と、そう思ったのだけれど。

ざわざわと、人の話す声が、耳の奥に突き刺《さ》さるように頭痛を生んでいた。

酷い二日酔《ふつかよ》いの朝のようだ。ざわめきというより、その頭痛によって晴の意識は覚醒《かくせい》した。

胸の上の重みがなくなり、それによって今まで何か重いものが体の上にあったのだと気付く。

一体何だと思いつつ目を開けると、幻《まぼろし》だったかのように頭痛は消えていた。

突然消えた頭痛に首を傾《かし》げつつ体を起こした晴だったが、目の前の光景に些細《ささい》な疑問など吹《ふ》き飛んでしまう。

そこは、異様な空間だった。

白く太い柱が、奇妙《きみょう》なほどに高い天井《てんじょう》に向けて何本もそびえ立っている。視界に入る範囲《はんい》に壁《かべ》はない。視界の半分は空が占《し》め、ここが高い場所にあるのだとぼんやり理解した。

自分のいる場所は中でも一段高く、円形の床《ゆか》には複雑な形の溝《みぞ》が刻まれている。そんな場所を、日本人とは思えない顔立ちの、舞台衣装《ぶたいいしょう》だとしか思えないようなきらきらしい服装、もしくは宗教関係者かと思うような白い服の人間たちが取り囲んでいた。

「なんだ……これ」

呟《つぶや》きは誰《だれ》の耳にも届かなかっただろう。彼らの耳目《じもく》は晴ではなく、もう一人の人物に集中していた。その人物は、真っ白い服を着て、何やら縦に長い帽子《ぼうし》を被《かぶ》った男に手を引かれ、立ち上がる。

その立ち上がった人物を見た途端、晴は意識を取り戻す前にあった出来事を思い出した。

不思議な人物たちに取り囲まれていたのは、自分をマンションの廊下から突き落とした女性

――咲茉だったからだ。

そうだ、自分は間違《まちが》いなくあのとき、彼女に突き落とされた。手すりに背中を打ち付けた痛みを覚えている。あそこはマンションの五階だった。そこから落ちた以上、あの背中の痛みなど比べものにならないほどの衝撃を受けて、自分は死んだはずだ。最後に聞いた、何かが潰れるような音を思い出し体が震《ふる》える。万が一助かっていたとしても、今のように無傷なはずがない。

つまり……ここは死後の世界なのだろうか？

そう考えると、この建物はいかにも『神殿《しんでん》』のような様相だったし、取り囲んでいる人々がきらきらしかったり、宗教関係者のようであったりすることも、日本人には見えないことも、おかしくない……のか？

未《いま》だ混乱したまま、そんな結論に達して、晴は再び人に取り囲まれている咲茉に目を向けた。取り囲んでいた人物たちの中から、ひときわ豪奢《ごうしゃ》な衣装を纏《まと》った若い男が進み出て、彼女の前に跪《ひざまず》く。

やや目尻《めじり》の下がった、甘さのある美貌《びぼう》の男に恭《うやうや》しく手を取られ、咲茉の頬《ほお》が赤く染まった。

「――お待ちしておりました。ようこそ、ザガルディアへ。私はザガルディア王国第二王子、サーシェス・ウィンダム・ザガルディア。我々《われわれ》は聖女の降臨に心から感謝し、歓迎《かんげい》いたします」

サーシェスと名乗った男の口から零《こぼ》れた言葉に、晴は小さく首を傾げる。何を言っているかは分かる。だが、それと同時に意味が全く理解できなかった。

待っていたという意味も、ザガルディアという国名も、聖女という言葉が向けられた先も、降臨という言葉も。

ついたった今まで、ここは死後の世界かな、というところに着地しかけていた晴の思考は再び混乱に陥《おちい》った。

「聖女……？　わたしが？」

それはどうやら、咲茉も同じのようだ。怪訝《けげん》そうな顔でサーシェスを見つめる。

「ええ、そうです。どうか、聖女の力でザガルディアをお救いください」

まるで、そうするのが当然と言わんばかりの言葉だ。先ほどの言葉も合わせれば、そのために導かれ、たどり着いたような言い方ではないか？　いや、自分ではなく咲茉が、だが。

晴は、漫画《まんが》は多少読むもののスポーツものが主で、小説、アニメなどに対しては強い興味を持つタイプではなかった。ゲームなどもスマホでできるパズルゲームやソシャゲを少しやる程度。子どもの頃《ころ》はアクションや王道RPGなどもやったけれど、大人になるにつれてやらなくなった。けれど、それでも生きているだけで目に入ってくる情報はある。

だからその中に、『異世界』というジャンルがあることは知っていた。よく目にするものの一つであり、流行《はや》っているのだなと思うこともあった。突然召喚《しょうかん》されたり、もしくは生まれ変

わったりして別の世界へ移動してしまった主人公による物語。主人公たちは、ときにはチート
と呼ばれる飛び抜《ぬ》けた異能を発現していたりもする……。
それが、今のこの状況《じょうきょう》にぴたりと嵌《は》まっている気がして、ぞくりと背筋に寒気を感じた。
そんなことがあるわけがないと、晴の中の常識が囁《ささや》く。けれど、ならばここが死後の世界で
あるという考えは順当か？　と問われれば黙《だま》るほかない。
夢だと言われたほうが、まだ納得《なっとく》できる。
だが、そんなふうに晴が思い悩《なや》んでいるうちに、話は進んでいたようだ。
「聖女よ、あの者はあなたの知己《ちき》か？」
突然投げられた言葉が、自分を指してのものだったと気付いたのは、何人かの人間のつま先
が一度にこちらへ向いたからだ。
顔を上げると、驚《おどろ》いたような顔で咲茉が晴を見ていた。人に囲まれていたせいか、思わぬ展
開に頭が回っていなかったのか、咲茉はそこで初めて晴の存在に気付いたらしい。その顔が一《いっ》
瞬《しゅん》醜《みにく》くゆがみ、すぐにハッとしたように視線を逸《そ》らした。
「――――いいえ。他人ね」
間違ってはいない。
心情的にはただの他人より、よほど遠いくらいだろう。途端《とたん》に周囲に困惑《こんわく》したような空気が
広がる。

「というか、わたし、ここに来る直前、あの男のせいで酷い目に遭《あ》ったの。顔も見たくないわ」

「なんと……！」

咲茉の言葉に、周囲がざわめく。

ここまで呆然《ぼうぜん》としていた晴だったが、今の言葉が自分にとってよくない状況を生むものであることは分かった。納得はできないものの、彼女が『聖女』などと呼ばれて、尊ばれている様子なのは確かだ。

その咲茉が、自分を罪人のように糾弾《きゅうだん》すれば、どうなるかは火を見るより明らかだろう。こちらを見る者たちの視線が鋭《するど》くなる。

「ひ、酷い目って……それは、お互《たが》い様というか……」

晴は慌《あわ》てて口を開き、震える声でそう言った。

むしろ、あそこから突《つ》き落とした彼女のほうが、よほど酷いことをしたと言える。咲茉にもそれが分かっているのだろう。

「うるさい！　あんたは黙ってなさいよ！」

「せ、聖女様？」

怒気《どき》を露《あら》わにした咲茉に、周囲が驚いたように目を瞠《みは》る。咲茉はまずいと思ったのか、はっと口を噤《つぐ》み、晴から視線を逸らした。状況が分からないのは咲茉も同じだろうが、それでも周囲の反応から『聖女』らしい振《ふ》る舞《ま》いをしたほうが良さそうだと感じたようだ。

「な、何でもないわ。とにかく、そいつはわたしとは関係ないんです。わたしを歓迎するというなら、さっさと追い出してください……！」

咲茉の言葉に、その場にいた人間たちの視線がサーシェスへと向かう。サーシェスは晴を睥《へい》睨《げい》し、近くにいた者に何かを言付けたようだ。

「あの者はすぐにここからいなくなりましょう。さぁ、聖女はこちらへ」

そして、そう言うと咲茉の手を引いて、建物から出て行ってしまったのだった。

「聖女様と同じ世界からきたらしいことを鑑《かんが》みて、処刑《しょけい》まではしない」

咲茉とサーシェスが去ったあと、晴はサーシェスの命を受けたらしい男に、ほとんど飾《かざ》り気のない小部屋へと連れてこられていた。

「だが、このたびの聖女召喚は、国家の威信《いしん》を賭《か》けた計画だ。万が一にも機密が漏《も》れるようなことがあってはならないと、殿下《でんか》はお考えだ。そこで、お前には魔法《まほう》による誓約《せいやく》を行ってもらう」

そして、そんな言葉と共に強引《ごういん》に誓約とやらを結ばされてしまった。冗談《じょうだん》じゃないと拒否《きょひ》するべきだったのかもしれないが、右も左も分からない場所で、明らかな権力者からの命令に背《そむ》くことは難しかったのである。

だが、それでも一つだけ、どうしても知りたいことがあった。

「あ、あのっ、帰してもらうわけにはいかないのですか？　俺は必要ないんですよね……？」

震える声でそう訊《き》いた晴を、男は鋭い視線で睨《ね》めつける。

「そのような方法はない」

呆《あき》れと苛立《いらだ》ちを含《ふく》んだ声で言われて、晴は言葉を失った。だがどこかで、やはりと思う。

「今の文言には問題がなかったようだが、召喚に関する全《すべ》ての情報、異界から来たこと、聖女様についてのこと、この誓約のこと……それらを口にすれば、命に関《かか》わると覚えておけ」

男はそう言うと、結局晴の名を訊くことも自分の名を名乗ることもなく、部屋の外にいた甲《かっ》冑《ちゅう》姿の男を捕《つか》まえると、晴を城の外まで連れて行くように命じる。

「できる限り人目を避《さ》け、北門を使え。この件について報告は必要ない。だが、間違いがあってはならない。必ずそなたが城壁《じょうへき》の外まで連れていくように」

「はっ、かしこまりました」

甲冑の男の返事を聞いて、晴に誓約とやらを結ばせた男は最後に一度晴を睨《にら》みつけると、そのままどこかへ去って行った。

「おい、行くぞ」

そう声をかけられて、晴はなんとも言えない重苦しい気持ちのまま歩き出した。

一体自分はこれからどうなってしまうのだろう？　そもそもここはどこなのだろう？

異世界であるらしいこと、どこかの国の城の中であることなどはなんとなく理解した。だが、理解したからといって納得はできない。

そもそも、必要なのが咲茉だったというなら、自分は巻き込まれた被害者《ひがいしゃ》であり、あんなまるで犯罪者であるかのような、生かされることが恩情であるという態度を取られること自体、おかしな話ではないか？

ふつふつと怒《いか》りが湧《わ》いてきたけれど、それをここで表に出すほど、晴は愚《おろ》かではなかった。こんなところで怒りも露わに暴れれば、それこそ恩情などというものは吹《ふ》き飛んでしまうだろう。晴の命と共に。

結局、ただ悄然《しょうぜん》と肩《かた》を落とし、甲冑の男のあとを追いながら、それとなく辺りをうかがうことしかできない。

人目を避けろ、という言葉に従っているのだろう。辺りにはほとんど人気《ひとけ》はなく、時折メイドのようなお仕着せを着た女性や、甲冑を着ている男を見かける程度だ。

そうこうするうちに、随分《ずいぶん》と大きな門が近付いてきた。おそらくあれが、言われていた北門なのだろう。

このまま、自分は本当に放《ほう》り出されるのだと、そう考えた途端背筋がぞっとした。

確かに処刑はされなかった。命はある。だがそれだけだ。

こんな、常識すら分からない場所に無一文で放り出すなど、野垂れ死ねと言われているに等しい。

いや、本当にそのつもりなのかもしれない。けれど、大人しくそれに従うことなど、やはりできない。

「あ、あのっ」

「……黙って歩け」

にべもない言葉に怯《ひる》んだ。男の腰《こし》には鞘《さや》に納まった長剣《ちょうけん》が下げられていて、晴の恐怖心《きょうふしん》を呼ぶ。けれど、彼に与《あた》えられた命令は、自分を城の外に出すことだ。一言二言口を開いたところで殺したりはしないのではないか？　何より、このまま何も聞けなければ、何も分からないままになってしまう。せめて、何か、ここで生きるすべを、わずかでも……。

「お、ジェイクじゃないか。こっちに来るなんて珍《めずら》しいな」

焦《あせ》りながら言葉を選んでいた晴の耳に、明るい声が届いた。わずかに張り詰《つ》めていた空気がさっと霧散《むさん》する。

声をかけてきたのは、甲冑の男――ジェイクと似たような格好をした男だった。声をかけつつも門の横に立ったまま、こちらに近付いてくることはない。

「カイルか……この者を城から追い出すように言いつかってな。開けてくれ」

「この子を？　異国の子か？　この辺りの国じゃないだろう？」

首を傾《かし》げつつも、カイルと呼ばれた男が重そうな門の横にある、小さな扉《とびら》を開けた。

「知らん。お前も詮索《せんさく》しないほうがいいぞ。ほら、さっさと出ろ」

ドンと背中を扉の外に向けて押され、晴は倒《たお》れ込みそうになったもののどうにか体勢を立て直す。だが、慌てて振り向いたときには扉が閉まるところだった。

「ま、待ってください！」

咄嗟《とっき》に晴はそう口にして、扉に取りすがる。

「あ……っ」

閉まろうとしていた扉に手を挟《はさ》まれて、悲鳴を上げた晴に、カイルは慌てた様子で扉を開いた。

「おい、大丈夫《だいじょうぶ》か？」

「ッ……は、はい。大丈夫、です。あ、あの、俺、この――」

この世界に来たばかりで、と言おうとした晴は、途端《とたん》に酷《ひど》い頭痛に苛《さいな》まれてその場に頽《くずお》れる。

「おい……どうした？」

だが、口を閉じてしばらくすると、頭痛は去った。ただ、強い頭痛による吐《は》き気だけが胸の奥に蟠《わだかま》るように残っている。

「大丈夫か？」

「カイル、そんな子どもに構っていないでさっさと扉を閉めろ」

「わ、分かってるって」

閉まりそうになる扉に向かって、混乱しつつも再び口を開く。

「どこか、金を稼《かせ》げる場所を教えて欲しいんです！　物が売れるとか、あの、仕事を斡旋《あっせん》してくれる場所を」

そう言いきるのと、扉が完全に閉まるのは同時だった。けれど……。

「……東の通りに、対《つい》の子ヤギの看板が出ている店がある」

それだけが聞こえた。

「ありがとうございます……！」

扉の向こうでは、余計なことを言うなとか、これくらいいいだろうなどという声がしていたが、すぐにそれも聞こえなくなる。

晴はゆっくりと立ち上がり膝《ひざ》を払《はら》う。アスファルトなどではない石畳《いしだたみ》の道だ。穿《は》いていたズボンはすっかりと土埃《つちぼこり》に汚《よご》れていた。

どうにか吐き気は収まってきたけれど、今の頭痛は一体何だったのだろう？　一瞬《いっしゅん》だったが、このまま死ぬのかと思うほどの強い痛みだった。

そう考えた途端、ハッとして晴は口元を押さえる。あの男の言っていたことを思いだしたためだ。

誓約《せいやく》のこと──召喚《しょうかん》に関する全ての情報、異界から来たこと、聖女様についてのこと、このこと……それらを口にすれば、命に関わると覚えておけ。

頭痛がする前、自分は何を言おうとした？

この世界に来たばかりだと、そう言おうとしてはいなかったか？

それはつまり、自分がこことは違《ちが》う世界から来たと口にしようとしたのと同じことだと判断されたのだ。

「本当に、命に関わるってことか……」

晴はぎゅっと眉《まゆ》を寄せた。

おそろしいのは、何がそれを判断しているか、分からないということだ。この場にあの男の耳目《じもく》はない。先ほどの男たちも、自分が何を禁じられているかなど知らないはずだ。

つまり、人ではない何かが、晴の行動が誓約を破ろうとしているか否《いな》かを判断している、ということだ。男は魔法だと言っていたけれど、頭痛が起こったのは、晴が『この世界に来たばかりだ』と言葉にするよりも前だった。

理屈《りくつ》が分からない。それがおそろしい。どこまでが、誓約に触《ふ》れるのか、判断がつかない。できる限り、この世界の人間であるように振《ふ》る舞《ま》うしかないのか。

だがそれは、この世界のことを全く知らない晴には酷く難解なことのように思える。

「どうして、こんなことに……」

もう、その場にうずくまってしまいたい気分だった。

しかし、晴は大きなため息を吐《つ》いて扉に背を向けると、ゆっくりと辺りを見回す。

正面はどうやら森のようだ。道の様子からしても、ここはほとんど使われていない門なのだろう。道は左右に延びているが、こちらが北門ということは、東は右手の方角だろう。カイルという男の言っていた店が、物を売れる店なのか、職業の斡旋所なのかは分からないが行ってみるしかない。晴はもう一度ため息を吐くと、ゆっくりと歩き出した。

「対の子ヤギの看板、か……」

とりあえずの糧《かて》を得なければならないことを考えると、物を売れる店のほうだといいなと思いつつ、晴は自分の持っているものを確認《かくにん》する。と言っても、背負っていたはずのリュックはなくなっていたので、本当に身一つでこちらに来てしまったのだが……。

ポケットに入っていたのは財布《さいふ》と鍵《かぎ》、交通ＩＣ系のカードの入ったカードケースだけ。スマホはバッテリーと一緒《いっしょ》にリュックに入れていた。他《ほか》に売れそうな物と言ったら、ピアスくらいだろうか。

大した石がついているわけではないが、一円にもならないということはないだろう。

どうにかそんなふうに思考を繋《つな》いで、何もかも投げ出したくなるような気持ちを抑《おさ》えつけていた。

なぜ自分がこんな目に遭《あ》わなければならないのか、という思いが何度でも浮《う》かんできて、徐々《じょじょ》に怒《いか》りが高まっていく。

いつだって怒りはあとからやって来る。あのとき怒《おこ》れていればと思うことも多く、そのほとんどは苦い思い出だ。今だって、いっそあのとき怒鳴《どな》って、その女は聖女などという名にふさわしい女ではないとでも言ってしまえばよかった、自分はそいつに殺されかけたのだと暴露《ばくろ》すればよかった、と思わなくもない。

だがすぐに、そんなことをしていたら、無事では済まなかっただろうから、これでよかったはずだとも思う。そしてそう思う端《はな》から今度は、それならば今は『無事』と言えるのか？　と疑問が浮かんでくる。

こんな、何も持たず、持たされず、右も左も分からない場所に放《ほう》り出されて……生きていれば無事ということではないだろう。

そんなふうに思ううちに、徐々にすれ違う人が増え、馬や荷馬車が増え、建物が増えていく。どうやら東側は街になっているらしい。

やがて大通りとおぼしき場所まで来ると、晴は視線を巡《めぐ》らせる。あまりキョロキョロしては、防犯上の観点からよくないとは思うのだが、そうせずにはいられなかった。

建物の高さはそれほど高くないものが多い。道を走るのはせいぜい馬車で、街灯などを見る限り、ここには電気というものはなさそうだなと思う。魔法《まほう》があるというのだから、そちらが動力としてはメインなのだろうか。

そんなことを思いつつ、言われた通り対の子ヤギの看板を探す。けれど、思った以上に人も建物も多く、看板の数もそれなりにある。店の前に屋台を出している場所もあり、見通しがよくないというのもあった。

見つけられるだろうかと不安になった晴に、脇《わき》から声が掛《か》かる。

「おい坊主《ぼうず》！　一つ買っていかないか？　五ラーニだ」

「えっ」

驚《おどろ》いてそちらを見ると、どうやら食べ物を売っている屋台らしい。クレープよりも少し厚めの皮で肉を巻いた料理のようだ。トルティーヤのようにも見えるが、同じものかは分からなかった。

「そんなキョロキョロして、王都は初めてか？」

「は、はい、そうです」

頷《うなず》いてそれから、もう一度口を開く。緊張《きんちょう》で、心臓が口から飛び出しそうだった。

「買いたいところですが、手持ちがなくて、持ち物を売りに行くところで……対の子ヤギの看板の店をご存じですか？」

怪《あや》しまれないように、できるだけ落ち着いた口調でそう訊《き》いてみる。

「対の子ヤギ？　ああ、ロロ爺《じい》さんのとこか。知ってるよ」

男は頷いて、行き方を説明してくれる。不審《ふしん》に思っている様子はないから、職業の斡旋《あっせん》所ではなく買い取りの店で合っていたようだ。

「金ができたら買いに来いよな！」

それほど余裕《よゆう》があるかは分からなかったけれど、何も食べないわけにはいかないのだし、とりあえず頷いておく。

教えてもらった通りに道を行くと、大通りを一本入った先に、確かにその看板はあった。

裏道というほど細い道ではなかったことに、少しだけホッとする。木製のドアを開けて中に入ると、そこはごちゃごちゃとものの詰《つ》め込まれた小さな店だった。

カウンターの先にまだ部屋があるようだが、奥に続く扉《とびら》は閉まっている。そして、そのカウンターの中には、一人の老人が座っていた。おそらく彼が『ロロ爺さん』だろう。

「あの、あなたがロロ爺……いえ、ロロさん、ですか？」

「うん？　そうだが、一体何の用だ？」

「ここで買い取りをしていると聞いてきたんですが、よろしいですか？」

「……とりあえず見せてみな」

ロロはちらりと目を上げて晴を見ると、そう言ってとんとんとカウンターを指で叩《たた》いた。

晴は戸惑《とまど》いつつピアスを外し、カウンターに載《の》せる。ロロはそれを手に取ると、矯《た》めつ眇《すが》めつしたあと、カウンターの下からいくつかの貨幣《かへい》らしきものを取り出した。

「こんなとこだな」

そう言われても、まるで分からない。小さな銅貨と思われるものが三つと、さらに小さな黒ずんだ鉄貨らしきものが五つ。

「あの、これ、いくらなんですか？」

ロロはひょいと眉を上げたあと、小さくため息を吐いた。

「三十五ラーニだ」

ラーニというのがここの貨幣単位らしい。そう言えば、先ほどここへの道筋を教えてくれた男も、口にしていたなと思い出す。

「お前さん、この国には来たばかりか？」

「えっ、あ、はい。そう、です」

確かにそう思われて当然の質問だっただろう。頷くともう一つため息が零《こぼ》された。

「だったらもっと珍《めずら》しいもんを出さんか。こんなどこにでもあるようなもん、ワシの店でなくとも別のとこで売れ」

「すみません……」

しかし、珍しいものと言われても、他に持っているものなどほとんどない。

けれど、確かあのトルティーヤのような食べ物は、一つ五ラーニだった。

軽食が五ラーニ。単純に考えれば、一ラーニは百円くらいだろうか。もちろん、食品が高い、もしくは安い場合もあるだろうし、この世界で何がどんな価値を持っているかが分からない以上、この程度で何が分かるわけでもないけれど……。

とにかく、現在手に入るのは三千五百円程度ということだ。それではさすがに困る。一晩の宿代にもならないのではないだろうか。

「ちょっと待ってください」

晴はそう言うと、自分の持ち物を再び漁《あさ》り始める。キーホルダーは変わったものとは言えない気がする。財布には何か変わったもの入れてなかっただろうか？

そう思いつつ、財布を開いた。だが、中には少しの札と小銭《こぜに》、銀行系カードとキャッシュカード、保険証、ポイントカード、診察券《しんさつ》などのカード類があるのみだ。

けれど……。

「なんだ？　お前さん、絵を持ち歩いているのか？」

「絵？」

首を傾《かし》げてから、ロロが指しているのは、どうやら札のようだと気付いた。

「これ、ですか？」

「おお、それだそれだ」

興味深げな様子にたじろぎつつも、入っていた札を取り出す。と言っても大した手持ちはなく、一万円札が二枚と千円札が四枚だった。

「うん？　同じものが何枚もあるのか？」

よく見せてみろと言われて、おそるおそる手渡《てわた》す。ロロは、裏や透《す》かし、細かい模様などを見ては目を輝《かがや》かせていた。

「こいつなら……そうだな、これとこれ、あとこれには八十出そう。残りは真ん中で折り目が入っちまってるからせいぜい三十ってとこか」

ロロが八十といったのはピン札とまでは言えなくともはっきりとした折り目のない、一万円札一枚と千円札二枚、枚数的にはちょうど半々だ。けれど……。

「これとこれはもう少し、その、高くなりませんか？　あの、ええと……ここ、キラキラしているじゃないですか？」

一万円札を指しておそるおそるそう言うと、ロロはにやりと笑う。

「仕方ない、ならこっちは切りよく百、折れてるほうは三十五でどうだ？」

「わ、分かりました。それでいいです」

もし、先ほど考えた通りの貨幣価値くらいだとするなら、合計三百五十五ラーニは三万五千五百円程度。一万円札のうち一枚は三千五百円となってしまったけれど、千円札が三千円以上になったことを考えれば、文字通りおつりが来る。

その後、ついでにと小銭のほうも低額ではあったけれど買い上げてもらい、四百三十五ラーニになった。使用を考えて百ラーニ銀貨三枚と、十ラーニ銅貨十三枚、一ラーニ鉄貨五枚で受け取る。

「あ、あの、この辺りでお薦《すす》めの宿屋とかってありますか？」

金を財布《さいふ》にしまいつつ訊くと、ロロは少し考えたあと口を開いた。

「お前さんなら、銀の止まり木亭辺りにしておけ。それより安いところじゃ身ぐるみ剝《は》がされるのがオチだろう。大通りに出たら右、しばらく行った左の路地。小枝を咥《くわ》えた小鳥の看板だ」

その説明に頷いて、晴は店を出ようと踵《きびす》を返す。ドアが外側から開いたのはそのときだ。新しい客だろう。そう思い、脇に避《よ》けたのだが、なぜか客は晴の前で足を止めた。

怪訝《けげん》に思いつつ、ちらりと見上げる。相手は随分《ずいぶん》と背が高かった。いや、思えばここに来てから出会った誰《だれ》もが自分より背が高いのだが、その中でも特に高いと感じる。

その上、意味が分からないほどの美形だった。一瞬《いっしゅん》、おかしな声が出そうになったほどだ。歳《とし》は二十代後半くらいだろうか？　好みという点においては正直、あの王子のほうが晴の好みに近い。おそらくだが、神崎と付き合っていた咲茉にとっても好みのタイプと言えば、ああいったやや甘い顔立ちの男だろうと思う。この男の顔は、晴の好みからすればキリッとしすぎているし、美しすぎるし、冷たそうなところもマイナスである。

けれど、好みとかそんなものがどこかへ飛んでいくほどの美形というのがこの世の中にはいるのだと、晴はこの日初めて知った。

しかしその一瞬後には、自分が呆《ほう》けていることを自覚した晴は羞恥《しゅうち》に頰《ほお》を染め、慌《あわ》てて店を

飛び出す。

うしろから声をかけられた気がしたが、無視して走り出した。

そして、大通りに出ると、教わった通り右に曲がり、人にぶつかりそうになって慌てて足を止める。それから、一息ついて歩き始める。

「び、びっくりした……」

完全に不審者《ふしんしゃ》の行動だった。まぁ、あれだけの美形なのだから、自分のような態度を取る人間だってきっと多いだろうし、気にしてないだろう……と思いたい。

ただ、相手も驚《おどろ》いた顔をしていたのでやはりとんでもなく呆けた顔をさらしていたのかもしれないと思うと気まずい。とは言え二度と会うこともない相手だ。忘れよう。

などと考えているうちに、ロロの言っていた小枝を咥えた小鳥の看板を見つけて、晴はその扉を開いた。

素朴《そぼく》さを感じさせる木製の室内。いくつかのテーブルと椅子《いす》が並んでおり、その正面奥にカウンターがあった。何か帳簿《ちょうぼ》を付けていたらしい金茶の髪《かみ》の女性が顔を上げる。三十代くらいだろうか。晴を見ると、笑《え》みを浮《う》かべて立ち上がった。

「食事かい？」

「いや、ええと、ここ、銀の止まり木亭で合っていますか？　お薦めの宿だって言われたんですが……」

「お薦め？　誰の？」

「ええと、対《つい》の子ヤギの看板の……ロロさんが、ここなら安全だと……」

「ああ、ロロ爺《じい》さんね。ええ、確かに宿もやってるよ。ただ、それにしちゃ、荷物がないようだったからね」

言われてみればその通りであり、彼女が食事の利用だと思ったのは当然の反応だった。

食事もできるのかと考えつつ、とりあえず値段を訊《き》いてみる。

「宿泊《しゅくはく》したいんですが、いくらですか？」

「一泊《ぱく》、三十ラーニ。水は水差し一つ分、お湯は桶《おけ》一杯《ぱい》、ランプはろうそく一本分まで料金に含《ふく》まれてる。それ以上必要なら別に金が掛《か》かるよ。食事も必要ならそっちも別払《べっぱら》い。もちろん外で食べてきても構わないけどね。朝はパンとエール——いや、ミルクくらいなら用意できるよ」

「じゃあ、一泊お願いします」

思ったより高くなくてホッとした。もちろん手持ちを思えば安心はできないけれど……。

先払いだというので、銅貨を三枚渡《わた》す。

「ありがとう。じゃあ、案内させるね。リリー、お客さんだ」

女性はそう言うと、カウンターの奥にあった扉《とびら》を開けて中へと声をかけた。

呼ばれて出てきたのは、茶色の髪を二つに結《ゆ》わえた十歳くらいの少女だ。おそらく女性の娘《むすめ》だろう。顔立ちがよく似ている。

「お湯は今持って行きますか？」

「あ、ええと、あとでいいかな」

一体何に使うお湯なのだろうと思いつつ、適当にそう答えてしまう。

「分かりました。こっちです」

晴の言葉に頷《うなず》くと、少女は手に水差しを持って歩き始める。晴は大人しくあとをついていった。

リリーはトイレの場所を教えてくれつつ階段を上り、三つめの扉を開ける。

そのまま室内に入ると、水差しを窓際《まどぎわ》のテーブルに置き、窓を開けた。

暗かった部屋に日の光が入る。室内にあるのはベッドと、水差しと木製のカップの載《の》ったテーブル、一人掛《が》けの背もたれのついた椅子だけのようだ。けれど、掃除《そうじ》が行き届いている様子で安心した。狭《せま》いけれど、悪くない部屋に思える。

「お湯が必要になったら言ってください。ランプはいつでも用意できますから、声をかけてください」

それだけ言って少女が出て行く。

鍵《かぎ》は、と思ったけれど、ドアが閉められてから閂《かんぬき》がついていることに気付いた。なるほどと思いつつ、とりあえず閂をかける。

そして、ベッドにごろりと横になった。途端《とたん》に一気に疲《つか》れが襲《おそ》ってきた気がして、体が重くなる。口からは深いため息が零《こぼ》れた。

窓からの日差しで一筋だけ明るい線の走る天井《てんじょう》を、ぼんやりと見上げる。すぐに仕事を探すべきだと分かっているけれど、一度こうして落ち着いてしまうともう立ち上がる気力すら湧《わ》かなかった。

「なんなんだろ……」

最初に零れたのは、そんな言葉だ。

正直、自分の身に起こっていることの意味が分からない。

ようやく一人になり、落ち着いたせいだろうか。疑問と不安が同時に湧き上がってくる。

どう考えても異常な事態である。

異世界に転移したらしいことも、それが、自分を殺した相手が聖女だったせいで巻き込まれたらしいということも。

そう、殺された。死んだ。おそらく、多分。不思議と痛みの記憶《きおく》はない。けれど、あのとき確かに自分の体が潰《つぶ》れたと思ったのだ。自分に誓約《せいやく》を課した男に帰してもらえないのかと訊いてみはしたものの、帰ったとしてそのときの自分が生きているのかは疑問だった。

しかし、今の自分は間違《まちが》いなく生きている、と思う。心臓は動いているし、怪我《けが》のあともないようだ。あれだけ強く打ち付けた背中の痛みもすでになかった。手を伸《の》ばして触《ふ》れてみたけれどあざになっている様子もない。

この世界に来るときに生き返った？　だから、その前の傷が消えたのだろうか？

一度死んだと思うとぞっと寒気がして、晴は二の腕《うで》を手のひらで擦《こす》った。

そうしてから、先ほど扉に挟《はさ》まれた手にも痛みやあざ、腫《は》れなどが残っていないことに気付く。あれだけの勢いで挟まれたら、多少の痛みは残りそうなものだけれど……。

何かがおかしい。晴は、自分の体が生きていないのではないかと一瞬不安になった。

何もかも、夢なのではとも思う。けれど、手を挟まれたときや、先ほどの頭痛の記憶は鮮明《せんめい》だ。こうして触れているシーツの感触《かんしょく》や、窓の下から聞こえる雑多な人のざわめき、嗅《か》いだことのない空気の匂《にお》いも何もかもが現実だとしか思えない。

夜のマンションの暗い廊下《ろうか》からは、かけ離《はな》れた場所。――異世界。

どうして、こんなことになったのだろう？

聖女を召喚《しょうかん》したと言うが、必要なのが咲茉だったというなら、自分を巻き込まないで欲しかったと思う。もしもあのとき、咲茉が自分と離れた場所にいれば、咲茉だけがここに来ていたのではないだろうか。

だが、ここに来なければ、今頃《いまごろ》自分は転落死していた可能性がある。その誰でもない、咲茉のせいで……。

結局、咲茉のせいだということになるのだろうか？

いや、神崎が二股《ふたまた》などしたのが悪いし、その神崎と騙《だま》されて付き合っていた自分に非がないとは言えない。いや、言えないか？　二股だと、女とも付き合っていると知らなかったのに？　でもそれは咲茉も同じだろう。つまり諸悪の根源は神崎なのでは？　どうして、あんな男と付き合ってしまったのだろう。

神崎は、晴が通っている大学のＯＢで、就職活動の関係で知り合ったのだ。一目見たときから好みのタイプだとは思った。けれど、ゲイだという気がしなかったので、恋愛《れんあい》感情を持つまでは行かなかった。むしろ、最初に誘《さそ》われたときは、驚いたくらいだ。実際、ゲイではなく、バイだったわけだが……。

晴はゲイであることを知られて以来家族とギクシャクしていたため、地元に戻《もど》っての就職活動は考えられなかった。それで、つい話を聞いてくれる神崎に頼《たよ》ってしまった面もある。

軽い男だが、その分聞き上手というか、人を気持ちよくさせるような言葉をさらりと口にするので人気はあった。晴はやや押しに弱いところがあったし、初めて男に口説かれて、舞《ま》い上がっていたというのもあるけれど……。

いや、もう神崎のことはいいのだ。忘れよう、と自分に言い聞かせる。だが、それで思考が止まるわけでもない。

一人暮らしの部屋のことや、大学のこと、バイト先のこと、お前など俺の息子《むすこ》ではないと怒《おこ》っていた父親や、泣いていた母親のことを思う。自分の死体は残ったのだろうか？　そうでないなら行方《ゆくえ》不明ということになるのだろうか……。少しは悲しんでくれるだろうかと考えて、苦笑《くしょう》する。ばかげた思考だと思うし、悲しまずにいてくれたほうがいいとも思う。

しかし、本当に自分は死んだのだろうか？　死んだならこういう場合、生まれ変わるものなのではないだろうか？　なぜ晴の姿のまま再生されたのか？　考えても仕方のないことまで考えてしまう。

こうして生きているのだから、それを喜ぶべきなのかもしれない。だが、生きていてよかったと思えるような状況《じょうきょう》でもない。

就職先を探していたのは向こうでも同じと言えば同じだが、状況が違いすぎる。すぐにでも働き出さなければならないが、自分に一体何ができるのか……。

思考は幾度《いくど》となくループし、少しばかりうとうとした気もする。気付いたときには部屋は薄《うす》暗《ぐら》くなっていた。

「……腹、減ったな」

起き上がり、水差しの水を飲む。少しぬるかったけれど、意識はすっきりした。

窓を閉めると途端に室内は暗くなる。門を開けて部屋を出てから、外からは鍵が掛けられないことに気付いたが、荷物は何も置いていない。強《し》いて言えば水差しがある程度だ。だが、あれは宿の備品だから問題はないだろう。

廊下に出た時点で店内が賑《にぎ》わっているのが分かった。室内にいたときは窓から街のざわめきが聞こえていたから、気付かなかったのだ。

階段を下りるとテーブル席は満席に見えたが、晴の姿に気付いたリリーが奥のカウンター席に案内してくれた。入り口からは見えない場所にも、席が設けられていたらしい。いい匂いが漂《ただよ》ってくる。

「今日のおすすめは臓物の煮込《にこ》み、あと豚肉《ぶたにく》と豆のスープです」

メニューのようなものはどこにもないように見えるし、渡《わた》されることもなかったが、リリーが元気よくそう教えてくれる。

「じゃあ、スープのほうをお願いします」

「パンは一つでいいですか？」

「ええと……あとから増やすことはできますか？」

「できます」

ならとりあえず一つとお願いすると、リリーは頷いて厨房《ちゅうぼう》に向かって注文を繰《く》り返す。鍋《なべ》をかき混ぜていたのは三十代らしき男性で、おそらくだがリリーの父親だろう。顔立ちは母親似のようだが、髪《かみ》は父親と色が似ている。

そんなことを思いながら店の様子を見ていると、男性がバート、女性がマーサと呼ばれていることや、やはりリリーとは親子であることが分かった。名前を呼んでいる点からして、食事には宿泊客《しゅくはく》だけでなく地元の人間が多く訪《おとず》れているのだろう。

そんなことを考えつつしばらく待っていると、軽くあぶったパンと一緒《いっしょ》に、スープが出てくる。

異世界の食事、と思うと少しどきどきする。ふと、黄泉竈食《よもつへぐ》ひという言葉を思い出した。黄《よ》泉《み》の国でものを食べると現世に帰れなくなる、というものだ。

けれど、ここが黄泉の国とも思えず、また、どうせ帰れる当てなどない。何も食べずに飢《う》えて死ぬのは、きっと酷《ひど》く苦しいことだろう。結局、我慢《がまん》などできて二日ほどだと思えば躊躇《ためら》うだけ無駄《むだ》だ。そう思って口をつける。

「あ、おいしい」

思わず言葉が零《こぼ》れるほど、そのスープはおいしかった。

「そうでしょう？　父さんの料理は王都一なんですっ」

聞こえていたらしく、リリーがカウンターの中から嬉《うれ》しそうにそう言って笑う。

「パンをスープにつけるとおいしいですよ」

得意げに教えてくれるので、言われたとおりスープにつけて味わう。確かにおいしい。

「教えてくれてありがとう」

礼を言うと、リリーは弾《はず》む声でどういたしまして、と言った。

「お客さんの邪魔《じゃま》しないのよ」

笑いを含《ふく》んだ声がして、視線を向けると、マーサが苦笑を浮《う》かべている。リリーが軽く頰《ほお》を膨《ふく》らませた。

「邪魔なんかしてないもん」

「ええ、本当ですよ。おいしい食べ方を教えてもらっていました」

晴がそう言うと、リリーが渾身《こんしん》のどや顔をしたので笑ってしまう。ああ、こんなときでも普《ふ》通《つう》に笑えるものなんだな、と頭の片隅《かたすみ》で思いつつ、スプーンを口に運ぶ。

――こんなときでもおいしいものはおいしく、楽しければ笑える。

そう思ったら、何もかも投げ出したいとうずくまっている場合ではないのだという気持ちに、少しだけなれた気がした。

「あの、実はここに来たばかりで働ける場所を探したいんですが、仕事の紹介所《しょうかい》のような場所はありますか？」

マーサにそう尋《たず》ねると、ギルドという場所があり、そこで仕事の斡旋《あっせん》もしてくれると教えてくれた。

「聖女様のお披露目《ひろめ》を控《ひか》えてどこもかき入れどきだから、とりあえずの仕事ならすぐに見つかると思うよ」

安心しろというように言われて、晴は曖昧《あいまい》に笑う。

正直、複雑な気持ちだ。素直《すなお》にありがたいとは思いたくない。

「聖女様か……」

「あんたは明らかにこの辺の人間じゃなさそうだし、この時期に王都に来たくらいだから聖女様を見に来たんじゃないのかい？」

「え、あっ、ええと……実はそうなんですけど、聖女様っていうのがどういう存在なのか、全然知らなくて……」

「まぁ……聖女様のご威光《いこう》に与《あずか》れない国もあるっていうからねぇ」

いかにも気の毒そうに言われて、苦笑する。むしろ今のところ、聖女は晴にとって害しかない存在だ。

「聖女様ってのはね、そりゃあありがたい存在なんだよ」

だがマーサはそう言って、説明してくれた。

曰《いわ》く、異世界から呼び寄せられる、女神《めがみ》ルディアの力の代行者だと言われているとか、膨大《ぼうだい》な魔力を持ち、その魔力で国中を浄化《じょうか》して回るのだとか。

魔物は、もともとは普通の動物だったものが淀《よど》みによって堕《お》ちた存在で、救いを求めて聖女に寄ってくる性質があり、聖女はその全《すべ》てを浄化してくれるのだという。

「それは……すごいですね」

「そうだろう？　魔物の被害《ひがい》も聖女様さえいてくだされば問題ないんだよ。他《ほか》の国じゃ軍だの傭兵《ようへい》だのって、大変らしいじゃないか。戦って倒《たお》さなきゃならないんだろう？」

「え、ああ、そうですね」

実際のところは知らないけれど、とりあえず頷《うなず》いておく。

「まぁ、王都にいりゃ安全だ。いい仕事が見つかるといいね」

マーサはそう言うと、仕事へと戻《もど》っていく。

晴は再びスープを口に運びながら、内心では、あの咲茉が、聖女で女神の代行者？　と首を傾《かし》げていた。

自分に文句を言ってきたときの悪鬼《あっき》のような形相を思い出すと、確かに咲茉ならば魔物相手にも一歩も引かないかもしれないとは思う。

それでも彼女と『聖女』『浄化』という言葉は齟齬《そご》が大きい。彼女を選んだルディアとかいう女神様は、随分《ずいぶん》と思い切った人選をしたものだ。

そして、魔物というものが存在することにも、内心驚《おどろ》いていた。

それがどんな存在なのか、言葉から想像することしか晴にはできないが、軍や傭兵という言葉からして、野生動物という程度で済む脅威《きょうい》ではないのだろう。それこそ、漫画《まんが》やゲームに出てくるような、モンスターなのかもしれない。

聖女がいなければ、それを人が倒さなければならない。

それは一見大変そうな話に聞こえるし、実際大変なのだろうけれど、そのために自分の暮らしていた世界から切り離《はな》される聖女のことをなんだと思っているのか、とも思ってしまう。

まぁ、女神の代行者と言っているくらいだから、呼び出している側というか、少なくとも国民は、聖女が異世界ではただの一般人《いっぱん》だなんてことは、知らないのかもしれないけれど……。

そう考えてから、やっぱり誤解なのでは？　という気がして、晴はどうにももやもやとした据《す》わりのよくない気分になった。本当はちゃんとした女神の代行者がいて、咲茉や自分は事故でここに飛ばされただけなのではないか？　そう考えたほうが、咲茉が聖女だというよりずっとしっくりくる。

なんて思ってしまうのは、自分が咲茉のせいで死んだという被害者《ひがいしゃ》意識と、恨《うら》みのせいだろうか。そうでないとは言い切れない。

事故だったにしろ殺した上に、あの場でもわざと晴の立場が悪くなるように口添《くちぞ》えをしたのだ。多少恨んだところで罰《ばち》は当たるまい。

そんなことを考えているうちに食事は終わり、言われた代金を払《はら》う。

「部屋に戻りますか？」

リリーに言われて頷くと、お湯とランプはどうするかと訊《き》かれた。

「あ、そうか。じゃあ、どっちももらっていこうかな……」

いつの間にか日は落ちていて、おそらくあの部屋も真っ暗になっているだろう。お湯は飲み物としてということだろうか？　特に部屋に茶葉のようなものはなかった気がするし、使うかは分からないが、あとでやっぱり欲しいと思ってもらいに来るよりは、今もらっていったほうが、面倒《めんどう》がなさそうだ。

「分かりました。階段の前で待っていてください」

リリーの言葉に頷いて、晴は二階へと続く階段の近くに立った。そこにリリーがまずは桶《おけ》にお湯を入れて持ってきてくれた。重そうなそれを慌《あわ》てて受け取る。同時に、どうやらお湯は飲むためのものではなく、顔や手足などを洗う用途《ようと》のものだったらしいと気付く。

そう言えばトイレの場所は聞いたが、風呂《ふろ》の場所は説明がなかったなと思う。

「ランプはわたしが持っていきますね」

リリーは微笑《ほほえ》んでそう言うと、カウンターにいくつか並べられていた火のついていないランプを手に取り、ガラスの部分に手をかざした。

すると……。

「っ……」

何もしていないはずなのに、ポッとランプの中のろうそくに火が灯《とも》ったのを見て、晴は目を瞠《みは》った。そういう機構なのかとも思ったけれど、中に入っているのは単なるろうそくにしか見えず、ガラスに手をかざしただけで火を点《つ》ける仕組みなどがあるようにも見えない。

驚いている間にも、リリーはランプを手に階段を上がって行ってしまい、晴は慌ててそのあとを追った。

「あ、あの今、火を点けた？」

「まだ点けないほうがよかったですか？」

「え、いや、それは大丈夫《だいじょうぶ》だけど……」

急に点いたように見えたけどどうやったのか、と口にしそうになって思い止《とど》まる。これが当たり前のことだったら、不審《ふしん》に思われるのではないかと思ったからだ。

そして、一つの可能性に思い当たった。

「……火の魔法《まほう》が、使えるの？」

「はい。うちは父さんとわたしが火魔法、母さんが水魔法を使えるんです。宿屋をするにはどっちもとっても便利なんですよ」

得意げに言われて、曖昧に頷く。

やはり、今のは魔法だったらしい。どうやら、魔法というのは特別なものではなく、生活に根ざしたもののようだ。

リリーは晴の部屋のドアを開けて中に入ると、テーブルの上にランプを置く。

「ろうそくの予備はどうします？　一本二ラーニです」

「ええと、じゃあ、一応一本だけもらっておこうかな」

使うかは分からなかったけれど、まだ夜は長い。足りないよりはいいだろう。

「分かりました。あ、あとこのタオル、よかったら使ってください。お客さん、何も持ってないみたいだからって母さんが。使い古しだけど」

「あ、ありがとう」

ランプの横に予備のろうそくとタオルを置いてくれたリリーに礼を言って、財布《さいふ》から二ラーニを取り出して渡《わた》す。リリーはぺこりと勢いよく頭を下げて出て行った。晴は桶をベッドの脇《わき》に置いて、閂《かんぬき》をかける。室内の光源はランプだけだったが、それほど広い部屋でもないので、不自由はなさそうだ。

温かいうちに使ってしまおうと、顔を洗い、借りたタオルで拭《ぬぐ》う。それから少し考えてタオルをお湯につけた。服を脱《ぬ》ぎ、固く絞《しぼ》ったタオルで体を拭《ふ》いていく。それだけで随分とさっぱりした。最後にもう一度濯《ゆす》いで固く絞り、少し悩《なや》んで椅子《いす》の背に掛《か》けておく。

そう言えば、使ったあとのお湯をどうしたらいいかは聞いてなかった。迷ったが、とりあえずうっかり脚《あし》を引っかけて零《こぼ》さないような場所に桶を移動させる。

じじ、とろうそくの芯《しん》の燃える音がした。晴は椅子に座って、まじまじとランプを見つめる。

「火魔法、か……」

本当にゲームみたいだ、と思う。

リリーはバートが火魔法を使え、マーサは水魔法が使えると言っていた。つまり、魔法の系統は遺伝によるのかもしれない。

だとすれば、この世界に来たからといって、自分には使えないはずだ。けれど、だれでも当たり前に使えるものだというなら、ひょっとして……？

晴は少し悩んで、予備のろうそくを手に取った。

「リリーはただ、手をかざしただけだったよな？」

呪文《じゅもん》のようなものは唱えていなかったと思う。

晴はろうそくに向けて手をかざした。そして、火が灯るようにイメージしてみる。

「わっ」

咄嗟《とっさ》にろうそくを放《ほう》り出しそうになって、慌てて手に力を込める。

「うそだろ……」

手に握《にぎ》ったろうそくには、火が灯っていた。

晴は狼狽《うろた》えつつも一旦《いったん》火を吹《ふ》き消し、再び手をかざしてみる。今度もまるで当たり前のことのように火は点いた。

「……俺にも、使えるんだ」

信じられないような話だが、できるものはできる。特に自分に変化があるようには思えないが、そういう世界なのだと考えるほかないだろう。

だが、正直ホッとした。他《ほか》の人間が使えるのに自分が使えないとなったら、随分と不便だっただろう。

「水はどうなんだろ？」

水魔法のほうは見たことがないけれど、イメージすることはできる。

試《ため》しに空になっているコップに手をかざしてみる。水が満ちるようにイメージしてから手を退《ど》けると、本当に水が入っている。

「めちゃくちゃ便利……」

臭《にお》いを嗅《か》ぐが無臭《むしゅう》である。おそるおそる口をつけると、味も特に問題ないように思えた。むしろ、きちんと冷えていておいしい。

魔法、すごすぎではないだろうか？　こんな便利なものがあったら、科学が進歩しないのも頷《うなず》ける。

「他に魔法って言うと……」

ゲームのイメージでしかないが、風や土、光や闇《やみ》といったものが思い浮《う》かぶ。土は室内ではどうしようもなさそうだが……。

多少の風ならば問題ないかと思いついて、自分の顔に手のひらを向ける。そこから風が吹き出すのをイメージすればその通りになった。

「扇風機《せんぷうき》いらずだなぁ。ドライヤーの代わりにもなるか……？」

考えつつ、ためしてみるとちゃんと温風も出る。これは、本当に便利なのでは？

その後、晴は指先に光を灯してみたり、水ではなくお湯を出してみたり、氷を出してみたりもしてみたが、どれも問題なくできるようだった。

「魔法ってすごいな……」

あとは何ができるだろう？　怪我《けが》の治療《ちりょう》をしたり、空を飛んだり、瞬間移動《しゅんかん》したり？

瞬間移動……？　思いついたその言葉に、ほんの少し期待が芽生える。元の世界に戻《もど》れたりするのだろうか？　だが、あの世界の自分はおそらく死んだはずだ。それを考えると少しおそろしい。だが、もしも、この体で戻れるなら？

けれど……。

「――――だめか」

目を閉じて何度念じてみても、目を開けた先の光景が変わることはなかった。どうやら、いくら便利な魔法であっても、元の世界に戻ることはできないらしい。

おそらく無理だろうと思っていたし、たいして期待していたわけではないつもりだったが、多少は落ち込む。

椅子から立ち上がり、晴はベッドに横になった。

ランプの火を消そうか迷ったけれど、まぁいいか、と思う。ろうそくはもうそれほど長くはなかったし、眩《まぶ》しいというほどの明るさでもない。

先ほど指先に灯してみた光のほうが、よっぽど明るかった。

まだまだ自分が思いも寄らない魔法が存在しそうだ、と思う。仕事を探すとなればなんの魔法が使えるかは重要なポイントになりそうだし、知っておきたいところだ。

リリーは、火魔法も水魔法も宿屋をするには便利だと言っていた。確かに水が自由に使えれば掃除《そうじ》や洗濯《せんたく》にも便利だろうし、火はランプを点《つ》けるだけでなく料理には欠かせないはずだ。

自分は両方使えるから、就職には有利かもしれない。

そう考えてふと、リリーとその両親は、各々《おのおの》一つずつしか魔法が使えないような言い方だったな、と思う。

けれど、今試した限り、自分はそうではない。

「……得意な魔法とか、そういう話だったのかな？」

今自分が試したのはどれもほんのちょっとした魔法ばかりだったから、どれが得意とかまでは分かりようがなかった。

その辺りも調べてからのほうが、仕事は探しやすそうな気がする。水がコップ一杯《ぱい》分しか出せないのと、プールを満たせるほど出せるのとでは全く違《ちが》ってくるだろうし……。

問題は、それをどうやったら測れるのかということだ。何か特別な方法があったりするのだろうか？　自分の得意な魔法を知っているのが常識だったら困るな、と思う。

もっと、この世界のことを知らなければならない。けれど、人に訊《き》くのは危険な気がする。常識知らずだと思われるだけならいいが、怪《あや》しい人間だと思われるのは困る。晴は自分の事情を説明できないからだ。図書館かどこかで調べられればいいのにと思うけれど、そもそも文字が読めるのだろうか。

「そう言えば、ここに来てから文字を見てないような……」

呟《つぶや》きの最後があくびに変わる。まだそれほど遅《おそ》い時間ではないはずだけれど、眠《ねむ》くて仕方がない。あまりにも多くのことがあったせいだろうか。

まだまだ考えなければならないことはたくさんあるのに、と思ったのを最後に、晴の意識は深い眠りへと落ちていった……。

◆

どこからか人の声がする。いや、ドアの開閉音や、足音も。

なんだろう？　今日は何かあっただろうか？　晴のマンションの部屋は角部屋で、隣《となり》に住むサラリーマンらしき人物は、物静かな男だ。こんなドカドカと足音を立てるタイプではない。よほど慌《あわ》てているのだろうかとそんなことを思いながら、晴は目を開ける。

「……っ！」

見慣れない室内に、晴は一気に覚醒《かくせい》し、起き上がった。

大きな窓はガラスではなく木戸が嵌《は》まっているため、視界は薄暗《うすぐら》い。それでも、その隙間《すきま》から入る一条の日差しによって、室内の様子は分かる。

「そうだった……」

盛大なため息を吐《つ》き、ベッドを降りる。窓に近寄り、ゆっくりと開け放つ。太陽の位置はまだ低く、少なくとも朝と呼べる時間のようだ。

そう言えばチェックアウトの時間が何時なのか、聞いていなかったなと思いながら、晴は少し悩んで一日部屋を出た。持ち物は全《すべ》て身につけているため、鍵《かぎ》がかけられないことに不安はない。

カウンターに人はいなかったが、食堂のほうから話し声がした。宿の支払《しはら》い自体は昨日のうちに済んでいるのだから、この時間にカウンターにいる必要はないのかもしれない。むしろ、食堂のほうが忙《いそが》しいのだろう。

晴もそちらに顔を出し、リリーの案内で席に着いた。朝に食堂を利用する者は少ないらしく、晴以外には一人だけだった。

座るとすぐにパンとミルクが運ばれてくる。運んできてくれたのもリリーだ。

「ありがとう。あ、そう言えば、桶《おけ》とか水差しが部屋に置いたままなんだけど、食事のあとカウンターに返しにいったほうがいいのかな？」

気になっていたことを訊いてみると、リリーは首を横に振《ふ》った。

「そのままで大丈夫《だいじょうぶ》です。お掃除もしなきゃいけないので、そのときに片付けるから」

「そうか、ありがとう」

晴がそう言うと、リリーはくすくすと笑う。

「どうかしたかな？」

「お兄さんすぐ、ありがとうって言うんだもん」

無邪気《むじゃき》に笑顔《えがお》でそう言われて、晴も思わず微笑《ほほえ》んでしまう。

「そうかな？」

「そうだよ」

「随分《ずいぶん》と楽しそうだね」

くすくすと笑い合っていると、いつの間にか近くに来ていたマーサが、呆《あき》れたようにそう言った。

「ミルクのおかわりをどう？　サービスしとくよ。その代わり、この子も一緒《いっしょ》に食べさせてやって欲しいんだ。お客さんのことが、随分気に入ったようだから」

言いながらマーサの手がリリーの頭を撫《な》でる。

「ありがとうございます。もちろんいいですよ」

再び礼を口にした晴に、リリーは笑いながら椅子《いす》に座った。リリーの前にもパンとミルクのカップが置かれる。

「朝ご飯は人が少ないんだね」

晴がそう言うと、リリーは頭《かぶり》を振る。

「この時間が少ないんです。さっきまではもっといたの」

「あ、そうなんだ。じゃあ、俺が寝坊《ねぼう》したのか……」

時計がないから、正確なところが何も分からないのである。

「お兄さんはどこから来たんですか？」

「え？」

他意のない質問だと分かっていても、少しドキリとした。

「この国の人じゃないって、言ってたから。聖女様のことも、知らなかったんでしょ？」

「あー、うん。そうだね」

昨日のマーサから聖女の話を聞いていたとき、リリーも近くにいたことを思い出す。

「……ここからはずっと遠い国の、田舎《いなか》から来たんだ。この国の王都は賑《にぎ》やかですごいね」

曖昧《あいまい》な言葉でごまかすような返答だったけれど、リリーに気にした様子はない。

「今は特に賑やかなんです。聖女様のおひろめ？があるから」

そう言えば、昨日マーサもそんなようなことを言っていた。ちなみにマーサは別の仕事をしているのか、いつの間にか食堂からはいなくなっている。

今なら――リリーになら、訊いても大丈夫かもしれない。

「昨日、火魔法《まほう》を見せてくれたけど、リリーちゃんは火魔法がその、一番得意、なのかな？」

「うん！　でも、お掃除も得意！」

口の周りにミルクの輪をつけたまま、リリーは胸を張る。

火魔法と並んで得意だと主張したものが、別の属性の魔法でなかったことに、晴は内心焦《あせ》っていた。

リリーに、魔法がどれくらい得意か、どこかで検査できるのか訊こうと思っていたのだが、風向きがおかしい。

「リリーちゃんは、水魔法を使えたりとかは……」

「水？　水魔法は、母さんです」

「そ、うだよね」

当然だというように、うんうんと頷《うなず》いてみせる。やはり、リリーは水魔法が使えないらしい。

「あー……その、俺の田舎にはいなかったけど、水と火と、両方使える人が、王都にはいたりするのかなって思ってね」

リリーは晴の言葉に、きょとんとした顔をしている。

「そりゃ、お貴族様の話だよ」

背後から返ってきた言葉に、晴はびくりと肩《かた》を震《ふる》わせた。

「複数の属性の魔法だろう？　お貴族様にはよくいるって聞くねぇ。あたしら平民にはめったにない話だけどね。でも、有名なのはやっぱり、国王様だね。なんと、三属性をお使いになるって話だ」

マーサが席を外していたのは、ほんの少しの間だったようだ。いつの間にか戻《もど》ってきていたらしく、そう教えてくれる。

「そうなんですか。すごいですね」

怪しまれなかったことに内心大きく安堵《あんど》しつつ、驚《おどろ》いた振りをする。いや、マーサがいつの間にか戻っていたことには本気で驚いたのだが。

しかし、一体どういうことだろう?

昨夜、晴は間違《まちが》いなく複数の——三つどころでなく、火と水と風、そして光の魔法を使ったはずである。

だが、少なくともこの国では、王族でも三つが限度ということのようだ。いや、ひょっとしたらマーサが知らないだけかもしれないけれど、それでも相当に珍《めずら》しい存在であることは間違いないだろう。

晴の頭の中を『異世界チート』という言葉がぐるぐる回る。

てっきり、咲茉が聖女と言われる存在であることだけがチートなのだと思っていたが、自分にも別の形でチートが与《あた》えられていたということだろうか?

さすがに自分にも聖女の力がある、なんてことは性別からしてもあり得ないとは思う。だが、これもまた特別な力であることはおそらく間違いない。

となると多分、人には知られないほうがいいだろう。自分が物語の主人公ならば、チートを使いこなして上手《うま》いように窮地《きゅうち》を切り抜《ぬ》けるのかもしれない。

けれど、自分には機転《きてん》が利く頭脳も、度胸もない。その上、自分の身の上を語ることができないというハンデを背負っているのだ。

人と変わったところがあれば、出自などを訊《き》かれる機会も増えるだろう。何かを口にするとき、それが誓約《せいやく》に引っかからないか、慎重《しんちょう》になるべきこの状態で、咄嗟《とっさ》の言い逃《のが》れをしなければならない状況《じょうきょう》に陥《おちい》るのは最悪である。固まって、何も言えず、そのせいで必要以上にうさんくさい人間だと思われかねない。

それに、なんのうしろ盾《だて》もないどころか、戸籍《こせき》や身分証明書すらもないのだから、一度疑われたら潔白の示しようがないというのもある。

悲観的に考えすぎているだろうかとも思うが、こんな状況で楽観的になれるほど強くもなかった。

咲茉だったら——あの気が強く、見知らぬ場所で見知らぬ相手に囲まれた状況で、強引《ごういん》ではあったが嘘《うそ》をついて晴を陥《おとしい》れた彼女なら、この力も上手く使ったかも知れない。

とにかく、咲茉にだけ聖女の力があり、自分には何もない、という状況でなくてよかったことは確かだ。

けれど、そう考えてふと、いやなことを思いついてしまった。

まさかと思うけれど、その逆、ということはないだろうか？

つまり、自分に魔法が使えて、咲茉には何の力もない、というようなことは……。

「いや、あり得ないよな……？」

「どうかしました？」

ぽつりと漏《も》れた呟《つぶや》きに、リリーがこてりと首を傾《かし》げる。晴は慌《あわ》てて頭を振ると、強《こわ》ばった表情をごまかすようにミルクのカップに口をつける。

あり得ない。あり得ないと、思う。

けれど、確認《かくにん》するすべはない。

あの、咲茉が聖女だと言われていたとき、咲茉が何かをしたわけではなかった、と思う。

ただ、あの場にいたのが男女だったから、女性である咲茉が聖女だろうと判断されたように見えた。

もしも、万が一、咲茉に力がなかった場合どうなるだろう？

もう一度聖女の召喚《しょうかん》が行われる？

それとも……晴が連れ戻される？

あくまで念のためであったとしても、可能性としてはゼロではないのでは……？

体がぶるりと震え、手の中のミルクが波打った。

いや、何を考えているのだろう。そんなのは本当にただの可能性の話だ。

きっと、咲茉には聖女の力があるのだろうし、あの場にいた人間の中には見ただけでそれが判断できる者がいたのだろう。聖職者らしき人間もいたし、その一人が咲茉に手を貸していたのも見た。

だから、こんなのはただの悲観的な妄想《もうそう》に過ぎない。

その、はずだ。

けれど……。

そんなことを思ううちにパンとミルクだけの食事は終わり、晴はリリーが食事を終えるのを待って席を立つ。

「あの、昨日教えてもらったギルドの場所を知りたいんですが……」

「ああ、それなら簡単だ。大通りに出たらずーっと右に行くんだ。中央の広場に行き当たったらその右手側の大きな建物がそうだよ」

マーサの言葉に礼を言い、宿を出た。

けれど、その足取りは重い。先ほど思いついてしまった、妄想のせいだ。

だがもしも、咲茉に力がなく、連れ戻される恐《おそ》れがあるとしたら……。

聖女がいない国では、戦うことになるとマーサは言った。その戦うための人員にされないと誰《だれ》が言える？

論理の飛躍《ひやく》だろうか？　だが、可能性がないとは、晴にはとても思えなかった。

「そんなのは、絶対にごめんだ」

ぽろりと零《こぼ》れた呟きは、間違いなく本音だった。

咲茉が酷《ひど》い目に遭《あ》ったと口にしたあとの鋭《するど》い視線。破れば死に至る誓約。勝手に召喚などという誘拐行為《ゆうかいこうい》をした挙げ句、必要ないからと放《ほう》り出すようなやつらのために働くなど冗談《じょうだん》ではない。

あり得ないと思えるほどの小さな可能性を恐れて行動するなど、ばからしいだろうか？

分からない。そうかもしれない。

けれど、一度芽生えた不安は、そう簡単には消えてくれなかった。自分の命を何でもないもののように扱《あつか》った人間たちに、もう一度会う可能性があるかと思えばぞっとする。

屋台の男や、ロロ、リリーやマーサのような人たちはいい。カイルという兵士らしき男も、悪い人ではないように思えた。

けれど、この国の上層部や、宗教関係者に対して、晴が酷い嫌悪感《けんおかん》と忌避感《きひかん》を持ってしまうことは仕方がないだろう。積極的に殺そうとしたわけではなくとも、死んでくれて構わないものとして処理されたのだから……。

今や、晴の足は完全に止まっていた。

このままこの国で、王のお膝元《ひざもと》と言える王都で職を得ることに、自分は強い不安と嫌悪を感じていると気付いてしまったから。

昨日は、とにかく生きるために、すぐにでも仕事を得なければと思っていた。けれど、当座の金を確保できたし、魔法《まほう》が使えることも分かっている。

それならむしろ、思い切ってここを離《はな》れたほうがいいのではないだろうか？　女神《めがみ》を崇《あが》めていない国もあるという話だし、できることならそういった国に行きたい。

もちろん、その国の言葉が理解できるかは確認してからのほうがいいだろうが……。

「よし……」

覚悟《かくご》を決め、晴はくるりと踵《きびす》を返した。

王都を出る大きな門を馬車が潜《くぐ》り、そのまま走り出したことに、晴はほっと息を吐《は》いた。特に咎《とが》められることなく門を潜れたことに対する安堵《あんど》もあるが、なぜだかどこかから視線を感じる気がして、ずっと落ち着かなかったのだ。焦《あせ》って王都を出ようとしていたことで、神経が過敏《かびん》になっていたのかもしれない。

あのあと、晴はロロの店に行って、できるだけのものを売り、店にあった古着などで旅装を整えた。着ていた服も古着三枚分以上の値が付いたので、靴《くつ》以外は売ってしまった。靴だけは、これから長期間の移動があるかも知れないことを考えて、多少目立ったとしても慣れたものを履《は》いていくことにしたのだ。

厚めの生地《きじ》のズボンとシャツを二枚、フード付きコート、丈夫《じょうぶ》なバッグと少しの携帯《けいたい》食料。そして、この馬車の乗車賃。それだけ払《はら》っても、手元にある程度の金は残ったので安心した。

馬車の着いた先で仕事を見つけるか、更《さら》に先に行くかは決めていないけれど、何泊《なんはく》かはできるだろう。王都より物価が高いということは、多分ないのではないかと思うし……。

この馬車は、長距離《ちょうきより》用の乗合馬車で、いくつかの街を経由してイベルタという国境の街まで行くらしい。いわゆる幌馬車《ほろばしゃ》だが開口部にも布がかけられていて外の様子は見えない。乗客は自分を入れて五人。女性とその子どもらしい少女が一人ずつで、あとは男ばかりだ。本来ならもう一人乗れそうな広さなのだが、この時期に王都から出ていく人間はあまりいないのかもしれない。聖女のお披露目《ひろめ》がある関係で王都に人が集まると、マーサも言っていた。

イベルタまでは順調にいっても四日は掛《か》かるという。それでも、国境の街としては一番近かった。馬車の乗合所にあった地図を見たけれど、王都はザガルディア王国の中央より南西寄りにあり、イベルタは西の国境沿いにあるのだ。国自体が南北にやや長い形をしているため、南は西よりも遠かった。

だが、イベルタ行きの馬車に決めたのは、それだけが理由ではない。たまたま長距離の乗合馬車で今日中に王都を出られるのがこの馬車だったのだ。

他《ほか》の長距離のものは午前中に出てしまっていて、次の便は翌日以降になるという話だった。

通常の乗合馬車は定時運行らしいのだが、長距離のものはある程度人数が集まったら出発日時が決まるような仕組みらしく、イベルタ行きもこれを逃《のが》すと次はいつになるか分からないと言われて肝《きも》を冷やした。もともとこの時期は王都発の便が少ないらしく、イベルタ行きの便に乗車できたのは、大いなる幸運だったようだ。

「こんな時期に王都を出ることになるなんてなぁ」

「ついてないにもほどがあるってもんだ」

馬車が走り出してしばらくすると、晴の前に座っていた男たちがそんな話をし始める。けれど晴はそれに交じることはなく、被《かぶ》っていたフードを深く被り直して目を閉じた。眠《ねむ》いわけではないが、話しかけられないようにしたほうがいいと判断したためだ。

狭《せま》い馬車の中に四日間も一緒《いっしょ》にいるのだから、親しくなって情報を手に入れるというメリットより、何かまずいことを口にしてしまった場合に逃《に》げ場がないというリスクのほうが重い。

何か訊《き》くとすれば、イベルタが近付いてきてからのほうがいいだろう。

ただ、目を瞑《つぶ》ったまま、馬車の中の会話に耳を澄《す》ます。それで分かったのは、この時期に王都を出たくない理由に、魔物の増加する時期であることが含《ふく》まれるということだった。

聖女の巡礼《じゅんれい》前は、国内で最も魔物が増える時期らしい。確かに魔物を減らすことが目的で聖女が召喚されるのだから、巡礼前のこの時期に魔物が多いのは当然のことだろう。

それでも、多くの人間が王都を目指して移動してくるというのだから、移動自体が無謀《むぼう》というわけではないようだ。

むしろなぜ、この国中から王都に人が集まる時期に王都を離れなければならないのかという不満を持っているのだろう。

聖女のお披露目は、女神信仰《しんこう》を持つこの国の人間にとっては宗教的な意味合いを持つ重大な行事であり、多少の危険を冒《おか》してでも成し遂《と》げる価値のあることらしい。

もちろん、聖女が咲茉であることを知っている晴からすれば、失笑《しっしょう》ものの話なのだが。

宗教を否定することはよくない、という気持ちはある。自分にとっては理解できないことでも、相手が信じているのならば尊重するべき、というくらいの良識はあるつもりだ。

だが、この宗教に関してだけはどうしてもそんな気持ちになれない。

女神や信仰に対して、懐疑《かいぎ》的な態度を取ってしまいかねないと思うと、やはり早急《さっきゅう》にこの国から離れたほうがいい気がしてきた。この国というか、女神を信仰する宗教が国教になっている国から。

残念なことに、西の国境を越《こ》えた先の国の宗教までは調べられていない。けれどまぁ、行ってみれば分かるだろう。そもそも身分証明書のようなものがなくても国境が越えられるかという問題もあるのだが……。

考えると多少憂鬱《ゆううつ》になってくるが、少なくとも王都を出るときには必要がなかった。馬車の切符《きっぷ》を購入《こうにゅう》するとき、この国では街を移動する際に証明書のようなものは発行されないのかと、あくまで別の国から来たという体《てい》で訊いてみたのだが、そういったものはないという話だった。

正確に言えば貴族にはあるのだという。

ひょっとすると、この国には平民をどこかに登録する仕組みがないのかもしれない。それならば国の出入りも厳しくはないのかも……というのは、少し希望的観測がすぎるだろうか。隣《りん》国《ごく》はまた事情が違《ちが》うだろうし……。

そんなことを思ううちに、いつの間にか少し眠ったようだった。

突然《とつぜん》男の悲鳴が上がり、晴は驚《おどろ》いて目を見開く。どうしたのかと思ったが、そのまま馬車の揺《ゆ》れが激しくなり、口を開くのも難しくなった。馬車の縁《ふち》を必死に掴《つか》む。

「魔物の声だ……！」

そう言ったのは誰《だれ》だったのか。

ガタガタと激しく揺れる車輪の音、馬の蹄《ひづめ》の音の合間に、子どもの悲鳴と何かの咆哮《ほうこう》のようなものが交ざり合う。

あれが、魔物の声？　まさか、本当に魔物が襲《おそ》ってきたのだろうか？

自分の覚悟の足りなさや、現状認識《にんしき》の甘さに対する後悔《こうかい》を感じる以前に、信じられない、という気分だった。

ガン！　と何かがぶつかる激しい音と共に馬車が激しく揺れる。

ぐらりと馬車が傾《かたむ》いたと思ったが、どうにか倒《たお》れることなく走り続けている。座席の上で尻《しり》が跳《は》ね、娘《むすめ》を抱《かか》えた母親が座席と座席の間に転がるのが見えた。けれど、手を差し伸《の》べることもできない。

今は持ちこたえたが、馬車が倒れるのは時間の問題に思えた。もう一度、ぶつかられたら……。

そう思った瞬間《しゅんかん》に、二度目の衝撃《しょうげき》が来た。

酷《ひど》い音を立てて、馬車が歪《ゆが》む。一瞬の浮遊感《ふゆうかん》のあと、床《ゆか》が沈《しず》んだような錯覚《さっかく》を覚えたのと同時に、ガガガッと激しい音と揺れを感じて、晴は思わず強く目を閉じた。

耳を劈《つんざ》くような悲鳴は、誰のものだったのか。分からない。だが、揺れが収まったことで、晴はようやく目を開けた。

薄暗《うすぐら》い。そこかしこから唸《うな》り声がする。どうやら馬車は斜《なな》めになっているようだ。幌《ほろ》を支えていた骨の一部が折れたのか、分厚い布が頭の近くまで垂れ下がっている。

「来るな！　来るな！」

外から切羽詰《せっぱつ》まった声がした。直後、ぞっとするような悲鳴が上がり晴は身を強《こわ》ばらせる。おそらく御者《ぎょしゃ》のものだろう。今は魔物《まもの》の姿こそ見えないが、すでに近くにいるのは間違いない。

娘を強く抱《だ》きしめていた女性の手は、今はだらりと垂れ下がり、頭からは血を流していた。

少女は気を失っているのか静かだ。

一番出口に近いところにいた男が、悲鳴を上げるのを聞いて、晴はそちらに視線を向ける。

そして、息を呑《の》んだ。

それは、トカゲのような、鳥のような、不思議な姿をしていた。ヒクイドリの首をもっと太くして、鱗《うろこ》を生やしたような頭、そして羽毛《うもう》に包まれた胴《どう》。見えたのがその部分だけだったのは、それが幌の出入り口に頭を突《つ》き入れるようにして現れたためだ。言われずともこれが魔物なのだろうと分かった。

「うわぁあああ！　風よ！　風よ！　風よ！」

取り乱し、同じ言葉を繰《く》り返す男の手から、強い風が吹《ふ》き出す。

そのときになってようやく、晴は魔法の存在を思い出した。だが、男の起こした風は、魔物には大して効いていないように見える。鬱陶《うっとう》しそうに首を振《ふ》ると、その巨大《きょだい》なくちばしを男の手に突き立てた。

突然の凶行《きょうこう》に男が悲鳴を上げるのと同時に、血液が飛び散り、辺りに生臭《なまぐさ》い臭《にお》いが広がる。

「あ……あ……」

晴の喉《のど》から掠《かす》れたような声が零《こぼ》れた。もともとそれほど血に強いわけではない。むしろ、スプラッタやホラーなどでは画面から目を背《そむ》けてしまうほうだ。

その上、狭い馬車の中に広がった血の臭いが、いやでもこれが現実であると突きつけてきた。

そして脅威《きょうい》は未《いま》だ去っていない。むしろ、血の臭いに興奮したのか、さらに男を襲おうとするように身を乗り入れてきた。

だが、その目が何かに気付いたようにふと、晴を見る。

赤い目は、鳥ではなく爬虫類《はちゅうるい》を思わせる縦長の瞳孔《どうこう》をしていた。

不思議なことに、魔物は晴を見つけると、男から興味を失ったようにこちらに顔を向ける。

まるで、晴のほうが美味《うま》そうだとでも言うように……。

「ひ……ッ」

晴は、その魔物に自分が獲物《えもの》として認識されたのだと悟《さと》り、恐怖《きょうふ》に体を震《ふる》わせた。だが、斜めになった馬車は足場が悪く、立ち上がることもできない。

いや、もしここが平らな地面だったとしても、晴の足は役に立たなかったかもしれない。それほどの恐怖が、晴を震わせていた。

もう、自分はここで死ぬのだと、そう思わざるを得ないほどの恐怖。

けれど……。

魔物の首がゆらりと揺れ、鋭《するど》い爪《つめ》を持つ足がバキバキと音を立てて馬車を踏《ふ》み潰《つぶ》す。そして、そのくちばしがゆっくりと開くのを見たその瞬間。

「く、来るなぁ――――！」

悲鳴と共に真っ白な光が、晴の体から迸《ほとばし》った。

光がまるで質量を持つかのように、渦《うず》を巻く。

何が起きたのか、分からなかった。眩《まぶ》しくはない、けれど、光以外何も見えない。

強引《ごういん》に何かが吸い上げられていくような感覚。自分が渦の中心にいることは分かったけれど、それが何で、なぜ起きているのかも分からない。もちろん、止めることもできない。

頭の中まで、真っ白になった気がした。

自我や、周囲との境界線、何もかもが、失われていくような、体も意識もバラバラになりそうな……。

きっとこれはまずい状態だということを頭の片隅《かたすみ》で感じながら、晴はどうすることもできずにいた。

だが……。

「────！」

唐突《とうとつ》に、誰かがその空間に入り込んできたのを感じた。

けれど、それ以上何も知覚できない。そんな晴の目に、それは飛び込んできた。

いつから目の前にあったのか分からない。金色の、美しい瞳《ひとみ》がまっすぐに晴を見つめていた。

どこかで見たことがある男だ。

「────！　────！」

何かを必死に叫《さけ》んでいるのが分かるのに、耳に届かない。それを頭の片隅でもどかしく感じているのに、体も、視線すらも動かせなかった。

男が秀麗《しゅうれい》な眉《まゆ》を顰《ひそ》め、晴の頬《ほお》を両手で包み込む。そして……。

「ッ……!?」

性急に重なった唇《くちびる》に、晴は驚いた。

しかしそれよりも、そのあとに起こったことのほうが、さらに晴を驚かせる。

男が何かを口に含《ふく》んだ様子はなかったように思う。なのに、唇から喉を通って、何か熱いものが流し込まれたのだ。

まるで、度数の高い酒のようなそれがカッと喉を焼き、晴の体内を熱が焼き尽《つ》くしていく。

そうして、その熱に酩酊《めいてい》したかのように、晴の意識はふっと遠くなった……。

◆

「あ、あ……っ」

ぐちゅりぐちゅりと濡《ぬ》れた音がする。ぬめりを帯びたものをかき混ぜるような、どこか淫靡《いんび》な音。

そして、熱。

体中をぐるぐると熱が巡《めぐ》っている。血が沸騰《ふっとう》しているのかと思うほど、余すところなく熱を帯びている。だがそれは、例えば風邪《かぜ》をひいて体温が上がったときのものとは、まるで違《ちが》う。熱くてたまらないのに、その熱に縋《すが》りたいような、もっと与《あた》えられたいような、そんな気持ちになる。そしてその熱はぐるぐると体を巡ったのち、腹の奥に渦を描《えが》いて蟠《わだかま》る。

いや、逆だろうか？　腹の中で蟠った熱が、ほどかれるように体に広がっているのか……。

一体、何が起きているのだろう？

「あぁ……ん…ぅ」

ひときわ高い熱が腹の奥に放たれて、そこから、得も言われぬような快感が湧《わ》き上がってくる。

晴は、ぼんやりと重い瞼《まぶた》を開けた。

そこは暗い部屋のようだ。視界の斜め下に、オレンジ色の光源がある。

視界の隅《すみ》で揺《ゆ》れているのは……金色の……髪《かみ》?

「あっ……」

ぐちゅりと濡れた音がして、同時に沸《わ》き起こった激しい快感に、晴は体を揺らし、大きく目を見開いて視線を巡らせる。

「な、何……?」

「うん? 目が覚めたか」

安堵《あんど》したような声に視線を下げると、そこにいたのはどこかで見た覚えのある美貌《びぼう》の男だ。

金の髪に、金の瞳。

その目を見た途端《とたん》、晴は自分の身に起きたことをうっすらと思い出した。

馬車に乗ったこと。魔物《まもの》の襲撃《しゅうげき》に遭《あ》い、馬車が壊《こわ》れたこと。近寄ってきた魔物に、死を予感したこと。そして、あの白い光に呑《の》まれ、その中でこの瞳を見たこと。

一体、自分はどうしたのだろう。そう思ったけれど……。

「君は魔力が暴走し、枯渇《こかつ》状態にあった。だから、こうして……」

「あっ、んっ」

再び濡れた音がして、晴はがくんと腰《こし》を震わせた。自分の中に何かが入っているのが、はっきりと分かる。

いや、何か、というかこれは、つまりその……。

「俺の魔力を注いでやっているんだ」

「は？　ま、魔力っていうか、これ……」

魔力と言われても困惑《こんわく》するしかないが、自分の中に何が入っているかはさすがに気付いた。

晴は誰《だれ》かに抱《だ》かれたことはない。神崎とも結局しないままだった。だからといって、この状《じょう》況《きょう》で、自分の中に入っているものの正体が分からないなどということが、あるはずもない。

だからこそ、魔力って何？　とは思ったけれど……。

おそるおそる、繋《つな》がっているであろう場所に視線を向ける。自分の足の間に挟《はさ》まっているのは、間違いなくこの男の腰だ。

肝心《かんじん》なものは見えないが、それは晴の中にあるのだから見えなくて当然だろう。むしろ見えたら怖《こわ》い。二本あることになる。

「よ、よく分かんない、けど、とりあえず抜《ぬ》いてください……っ」

何がどうしてこうなっているのかさっぱり分からないが、話をするにはあまりにも都合が悪い。

「――――いいや」

「ひ、あぁ……っ」

男がぐっと腰を押しつけるようにして、奥をぐりりと抉《えぐ》る。

「まだ足りないはずだ。あれだけの、魔力暴走を起こしたのだから……っ」

「な、に……あぁっ、ちょ、あぁっ、んっ」

抜くどころか中をかき混ぜるように動かれて、濡れた声が零れた。一体、気を失っている間に何があったら、こんな、初めてなのに腰が抜けそうなほど気持ちがいい、という事態になるのだろう？

「ぬ、抜けって、ばぁ……っ」

自分でも到底《とうてい》そう望んでいるとは思えないほど、語尾《ごび》が甘く溶《と》ける。

「抜いて欲しいようには、聞こえないが」

そう言われて、羞恥《しゅうち》に頬が熱くなった。だが、気持ちがいいものは仕方ないではないか。

自慰《じい》でうしろを弄《いじ》ることは多少あったけれど、怖くて指一本入れるのがやっとだったし、二本入れたら裂《さ》けるのではないかと思った。

だが今、中に入っているものは、どう考えても指とは比べものにならない太さのはずなのに、痛みどころか蕩《とろ》けそうな快感だけを与えてくる。

「こ、なの…あっ、あ、おか、し……ぃっ」

「それだけ魔力の相性《あいしょう》がいいということだ。番《つがい》なのだから、当然だが……」

「つ、つが……？　んっ、あ、あぁ……っ」

何を言われたのか分からない。だが、聞き返そうにも口からは濡れた声が零《こぼ》れるばかりで…

……。

「や……あっ、あっ」

腰を動かされるたびに、信じられないような快感が湧き上がる。

いや、快感だけではない。指の先まで熱が行き渡《わた》っていくような……そんな感覚がある。

そして、その熱には確かに覚えがあった。あの白い渦《うず》の中で、与えられたもの。目が覚める瞬間《しゅんかん》まで腹の奥に感じていたもの。

どちらも、この男から与えられていたのだろう。

一体、何が起こっているのだろう？　ただ抱かれているだけではないのか？　そんな疑問に、先ほど男が口にした『魔力』という言葉が脳裏《のうり》を掠《かす》める。けれど……。

「あんっ、あ、あっ、あぁっ」

「は……随分《ずいぶん》と、気持ちがよさそうだ」

熱と同時に与えられる深い快感が、思考を邪魔《じゃま》する。

中を擦《こす》られるたびに、震《ふる》えるほどの快感を与えられて、おかしくなってしまいそうだった。

こんな状況で、まともにものが考えられるはずがない。

「も、だめ……っ、イク……イッちゃ……ぅ」

前には触《ふ》れられていないのに、そこは硬《かた》く立ち上がり、とろとろと先走りを零している。

腹にはすでにべっとりと白濁《はくだく》がこびりついていて、意識のない間にも何度か極《きわ》めてしまっていたことに気付いた。

いつもの自慰なら、一度出してしまえば、それで終わりだ。一晩に何度も達することなど、今までに一度もなかったし、一度イケばそれで満足していた。

だから……。

「あ、あ、ぁ……や、あ……もう、無理……っ」

「ああ、もう一度で終わりにしよう。――少し激しくするぞ」

男はそう言うと晴の腰を強く摑《つか》み、激しく突《つ》き入れ始める。

「や……ぁっ、ああっ」

深いところまで突き入れられては引き抜かれ、言葉通り激しく攻《せ》められる。

もう無理だと言ったのに、なぜ激しくなるのかと心の中で詰《なじ》りながらも、ただ揺さぶられるほかない。

「あっ、ダメ……っ、イク、イク……ぅっ」

そうして、気付くと男の腰を膝《ひざ》でぎゅっと挟み、びくびくと腰を震わせていた。とろとろと零れ出した白濁が、腹を濡らす。だが、絶頂に達したことでぎゅっと締《し》めつけた中を、男は割り開くようにしてそのまま攻め立てた。

「あ、や、イッてる……のに……っ、あ、あ！」

ひくひくと痙攣《けいれん》する晴の中は、酷《ひど》く敏感《びんかん》になっていて、まるでずっとイキっぱなしになっているのではないかと思うほど、深い快感が続いている。

そこを擦られ、かき混ぜられるのだから堪《たま》らない。だが、やがて男はひときわ深くまで突き入れると、そのまま動きを止めた。

「あ、あ……」

男が中に出したのが分かる。最奥《さいおう》から湧《わ》き出るように熱が広がっていく。

「あ…つい…っ」

そうして、そのまま晴の意識はふっつりと途絶《とだ》えたのだった……。


「……それで、あんたは誰で、ここはどこで、どうしてこんなことになってるんですか？」

そう言った晴の声は、意外にも嗄《か》れていなかった。

声だけではない。目が覚めた瞬間、まるでたっぷりと気持ちのよい睡眠《すいみん》を摂《と》ったあとのように、晴の体調は万全《ばんぜん》になっていた。

腰も痛くないし……尻《しり》も、違和感《いわかん》はない。

だが、自分の身に起きたいやらしいあれこれが夢や幻《まぼろし》だったかと言えば、そんなことはないように思う。

なぜなら、目覚めたとき、晴は全裸《ぜんら》のまま男の腕《うで》に抱きしめられていたのだから。

男は、晴が目を覚ますとすぐに目を覚ました。それで、こうしてベッドの上で向かい合っているのだが……。

「そう言えば自己紹介《しょうかい》がまだだったな。俺は竜人《りゅうじん》族のフェルナンド。フェルと呼んでくれ」

男は悪びれることなくそう言って微笑《ほほえ》む。

晴はなんだか頭が痛いような気分になって、眉間《みけん》の辺りを押さえる。

落ち着け、落ち着くんだ、と自分に言い聞かせつつ、一度大きく息を吐《は》いた。

「……一度、王都で会いましたよね？」

「覚えていてくれたのか？」

晴の言葉に、フェルナンドの顔がぱっと輝《かがや》く。

「すぐに声をかけたんだが、君はあっという間にどこかに行ってしまって……」

言われてみれば、あのとき背後で声がしたような気がしなくもない。尤《もっと》も、晴のほうはフェルナンドの持つ空前絶後の美貌《びぼう》に驚《おどろ》いて逃《に》げ出したのだが。

実際こうして今見ても、何度でもびっくりできるほど整った顔立ちをしている。なんらかの精霊《せいれい》だと言われたら信じてしまうかもしれない。また、改めて明るい場所で顔を合わせてから気付いたのだが、額に何か、インド人がつけているような、宝石のようなものがついている。

確か、ビンディーというのだっただろうか？

　そんなことを考えていると、フェルナンドと目が合った。

「……なぁ、名前は教えてくれないのか？」

　じーっと見つめたあと、そう訊《き》かれて、晴は迷う。だが、フェルナンドの期待を込めた視線に屈《くっ》するように口を開いた。

「晴、です」

「ハル？　いい名前だ。俺の名前にも似てる」

　言われてみればそうだ。フェルナンドは嬉《うれ》しそうに何度も、ハル、ハルと口にした。

　なんだか調子が狂《くる》う。

「それで、ええと……」

「ああ、ここはどこか、だったか？　ここはマグノルという街だ。馬車のあった場所からは少し離《はな》れているが、まぁ馬で半日もかからん距離《きょり》だな。あそこからは王都以外ならここが一番近かったから」

　そう言われて初めて、王都に戻《もど》っていた恐《おそ》れもあったのだと思いついて、ほっとする。

　そして、マグノルは確か、あの馬車が経由する予定の、街の一つでもあった。

「……あの馬車はどうなったんでしょうか？」

　知りたいような、知りたくないような、憂鬱《ゆううつ》な気持ちで晴はそう口にする。本当は一番に訊くべきことだったのかもしれない。けれど、正直に言えば勇気がなかった。

あの場で聞いた悲鳴や、意識を失った親子を思い出すと……。

尤も、自分がこうして無事なのだから、全滅《ぜんめつ》したわけではないのだろうけれど、無事とも思えない。

だが……。

「そのような暗い顔をしなくとも、あの場にいた人間はみな無事だ」

フェルナンドの言葉に、晴は目を瞠《みは》った。

「え？　……本当ですか？」

「ああ、番《つがい》に嘘《うそ》などつくはずがない」

フェルナンドはそう言うと、詳《くわ》しい状況《じょうきょう》について話し始める。番という言葉が気になったけれど、とりあえずは口を挟《はさ》むことなく耳を傾《かたむ》けた。

フェルナンドは晴の魔力の匂《にお》いを辿《たど》って、馬車の近くまで来ていたのだという。そして、晴が魔力暴走を起こしたことにより、突然《とつぜん》その匂いが強くなったため、あの場に駆《か》けつけたらしい。

魔力の匂いとか、それを辿ってきただとか気になることはいろいろあったがそれより……。

「魔力暴走……？」

「ああ、そうだ。溢《あふ》れた魔力が君を中心に渦を巻いていたのを、覚えていないか？」

「あ……」

そう言われればすぐに分かった。あの真っ白な光の渦。あれが魔力だったのか。

「俺が魔力暴走を抑《おさ》えたときには、馬車は半壊《はんかい》していたものの、その場にいた人間はみな、ただ気を失っているだけだった。死人はもちろん、怪我《けが》人もいなかった」

「え、でも……」

あのとき、男の手には確かに魔物《まもの》のくちばしが突き刺《さ》さり、血が流れていたはずだ。見たわけではないが馬車の挙動や悲鳴からして、御者《ぎょしゃ》も無事だったとは思えない。

それに……。

「魔物は？　魔物もいなかったんですか？」

「ああ。影《かげ》も形もなかった。もちろん死体もな」

フェルナンドはあっさりと頷《うなず》く。だが、晴は納得《なっとく》できなかった。

怪我人もおらず、魔物もいない。死体すらなかった。魔物が男を咥《くわ》えて逃げたのだろうか？

「馬車には何人乗っていたか、覚えていますか？」

「うん？　何人だったか……確か……五人、いや御者を入れて六人だったか？」

それは晴の記憶《きおく》とも相違《そうい》がない。けれど、だとしたら一体……。

――あれは夢だった？

そんなばかな、と思う。激しい馬車の揺《ゆ》れも、悲鳴も、噴《ふ》き出した血も、その臭《にお》いも、全《すべ》てがあまりにもリアルだった。あれが夢なわけがないと思う。

「確かに、襲《おそ》われたんだ……」

呟《つぶや》いた晴に、フェルナンドは頷いて口を開く。

「実際、馬車の壊《こわ》れ具合や、血痕《けっこん》からすれば、魔物に馬車が襲われたということに違和感はない。だがそうなると――」

フェルナンドは一旦《いったん》そこで言葉を句切ると、晴をじっと見つめた。

「ハルは、治癒《ちゆ》魔法が使えるのか？」

「え？　治癒？」

「ああ。血痕があったにもかかわらず、怪我人がいなかったことからすると、あの魔力暴走がその場の人間の傷を癒《い》やしたとしか思えない」

その言葉に、晴は内心なるほど、と思う。

「魔力暴走っていうのは、その、持っている魔力が暴走して、結果的に勝手に魔法を使ったみたいな効果が出るってことですか？」

「まぁ、そうだな。通常は水や火、風などが嵐《あらし》のように巻き起こって、大惨事《だいさんじ》となることが多いんだが」

実際のところ、晴はそのどれをも使うことができる。治癒魔法が使えることは知らなかったが、あのとき暴走したのが治癒でなければ、大変なことになっていただろう。

「ただ、それでも魔物がいなくなっていたことには説明が付かない」

それはそうだ。治癒の魔法では魔物を追い払《はら》うことなどできないだろう。

そう思ってから、ハッとする。

――魔物を追い払うなんて、それはまるで……。

「何か、思い当たることがあるのか？」

「え？」

こちらをじっと見つめるフェルナンドの瞳《ひとみ》が、何かを探《さぐ》っているような気がして心臓がドキリとする。

「あ、いや……その、暴走に驚いて逃げ出した、とか？」

それくらいしか思いつかないというふうを装《よそお》ったが、語尾《ごび》が震《ふる》えて、晴はきゅっと手のひらを握《にぎ》り込んだ。

だってそんなまさか、聖女がするという浄化《じょうか》のようだ、なんて言えるはずがない。

「……治癒魔法が暴走したところを見たことはないが、可能性としてはゼロではないかもな」

納得したようではなかったけれど、フェルナンドはそう言ってこの話を終わらせてくれた。

「それで、そのあとだが……。魔力暴走を起こしたものは大抵《たいてい》が魔力を枯渇《こかつ》させて死に至ることは知っているだろう？」

「は？」

死に至る？　それはつまり、死ぬってことだろうか？　いや、言葉としてはそうに決まっているのだが……。

「知らないのか？」

「え、あ、いえ、知って、ます」

あからさまに言葉に詰《つ》まった晴に、フェルナンドが苦笑《くしょう》する。

「知らなかったなら別にそれでいい。魔法についての知識があまりないという理解でいいか？」

「……はい。実はそうなんです」

フェルナンドの言葉に、晴は少し迷ったものの頷いた。

知らないことで、別世界から来たことを疑われるわけではないのなら、認めてしまって教えてもらったほうがいいに決まっている。

フェルナンドは分かったと頷いて、それならば少し詳しく話そう、と言ってくれた。

「魔力と生命力には密接な関係がある。例えば、血液などの体液にも魔力は含《ふく》まれていて、出血によって体内の血液が失われると魔力も減る。逆に魔力が失われれば、生命力も失われる。ここまではいいか？」

晴は、そういうものなのか、と思いつつ、こくりと頷く。

「魔力暴走は、魔力量の多い者が、感情の高ぶりなどによって自身の魔力を制御《せいぎょ》できず、魔法として発動させることもできなかったときに起こる。魔力が溢れる前兆を感じたときに、それを魔法として発動できれば収めることもできるからだ。だから、暴走は魔力量の多い子どもに起こりがちだ」

「なる、ほど……」

子どもに多いと聞いてやや気まずい気持ちになったが、理解はできた。

「もちろん、魔力量の多い子どもにはあらかじめ、暴走が起こらないような対策が施《ほどこ》される。魔力暴走を止める方法はいくつかあるんだが、最も簡単なものは他者の魔力を混ぜることで魔力の流れを阻害《そがい》することだ」

「魔力を混ぜる……」

子どもの場合は、親が自身の魔力を含有《がんゆう》したアクセサリー形の魔道具を身につけさせることが多く、いざというときにはその魔道具から親の魔力が注入されることで、暴走を抑えるのだという。

「ハルが魔力暴走を起こしているのを見て、俺は咄嗟《とっさ》に君に自分の魔力を渡《わた》した」

魔力を渡した？　そう言われてもピンとこなくて、晴はあのときあったことを思い出そうとする。

気付いたらこの男が目の前にいて……。

「言っただろう？　体液には魔力が含まれる。口づけることで、唇《くちびる》から君の中に俺の魔力を混ぜたんだ」

「あっ、な、なるほど」

じわじわと顔が熱くなる。確かにあのとき、この男にキスされたのだ。何か熱いものが喉《のど》を通って……そのあとは記憶にない。

だがあのとき、晴にフェルナンドの魔力が混ざったのだろう。

「魔力が混ざると意識を失うんですか？」

「いや、そうじゃない。あのとき、ハルはすでにほとんどの魔力を使い切っていた。本当に瀬《せ》戸際《とぎわ》だったんだ。だから、暴走が収まると同時に意識を失った。――もう少し遅《おそ》かったら、間に合わないところだった」

間に合わない。それはつまり、魔力を放出しきって死んでいたということだろう。

おそろしい想像に、背筋がぞっとする。

「その後はとにかく、ハルになるべく速く魔力を補給する必要があった。それで、この街まで移動して、俺の魔力をハルに与《あた》えたんだ」

にっこりと微笑《ほほえ》まれて、何のことかと思ってからすぐ、行為《こうい》の最中に言われた言葉を思い出した。

魔力を注いでいると、そう言われたことを。

再び頬《ほお》が熱を持った。

つまりあの行為は、人工呼吸や献血《けんけつ》のようなものだったのだろう。

抱《だ》かれたことに関しては嫌悪感《けんおかん》はなかったし、助けてくれたのだから感謝すべきだとは思う。

ただ、初めてのことだったのに医療《いりよう》行為で知らない相手としてしまったのか……と思うと、さすがに凹《へこ》む気持ちは止められない。

いや、それでもあのまま何も知らずに神崎に抱かれるよりは、遥《はる》かにマシだったと思って忘れよう。

とにかく今は……。

「ありがとうございました。ご迷惑《めいわく》をおかけして、すみません」

人としてこれだけは言っておかねばならないだろうと、晴はそう口にして、深々と頭を下げた。

「謝罪する必要なんてない。おのれの番《つがい》を助けるのは当然のことだからな」

やさしい声で言うフェルナンドに、晴は頭を上げる。だが……。

「あの、それも不思議だったんですが、番って——どういうことですか？」

番って何ですか、と訊《き》こうとして、少しだけ言い換《か》える。なんですか、と訊いてしまった場合、それが常識だったらまずいが、どういうこと、ならば自分の身に起きたこととして納得《なつとく》できないというふうにも取れるだろう。

けれど、その考えは杞憂《きゆう》だったらしい。フェルナンドは、番とは何か、ということから話し始めてくれた。

「番は、人で言うところの伴侶《はんりょ》のようなものだ」

「は、伴侶……？」

「実際は、それよりももっとかけがえのないものだ。竜人《りゅうじん》はこの世に生まれ落ちるとき、魂《たましい》が二つに分かれると言われている。そして、その魂の片割れを番という」

魂の片割れ。

まるでおとぎ話のようだと思うけれど、少なくともフェルナンドはそれを本気で信じているらしい。

「人の婚姻《こんいん》とは違《ちが》い、竜人は一度番に出会えば、他者に目移りすることはなく、二度と離《はな》れることはない」

出会えば、というのは、晴を番だと言うくらいだから出会った瞬間《しゅんかん》、という意味なのだろう。現に、晴がそうなのだから。

晴とフェルナンドはあのとき、一瞬目が合っただけの関係だ。なのに、フェルナンドは番だと思って馬車を追いかけてきた。もちろん、そのおかげで自分の命が助かったのだから、感謝はしている。

だが、ほぼ初対面の相手に対して『他者に目移りすることはなく、二度と離れることはない』というのは重すぎるのではないだろうか。

正直、ちょっと引いた。一歩間違えれば、ただのストーカーである。

「竜人族は成人すると番を捜《さが》して旅をする。そして、ようやく見つけた番が、ハル、君だ」

「いや、そんなこと言われても……」

はいそうですか、と頷《うなず》けるものではない。今の話を聞いたあとではなおさらだ。

「あなたは俺が番だと言いますけど、俺にはその、全然そんな感じはしないというか……その……」

「残念だが、番が分かるのは竜人だけだ。他《ほか》の種族には分からない。だからこそ、本来はもっと時間をかけて親しくなりたかったのだが……」

困ったように苦笑するフェルナンドに、晴はぐっと喉を詰《つ》まらせる。

晴が魔力《まりょく》暴走を起こしたせいで、そうも言っていられなくなったということだろう。

「本当ならばあの店ですれ違ったそのときにでも、君を攫《さら》っていきたかった。だが、そのようなことをすれば、心を通わせるのに多くの時間が必要になる――と、先人の教えがあってな」

なるほど。先人は正しい、と晴は思わず頷いていた。

「それも、無駄《むだ》になってしまったが」

「う……」

なんだか悪いことをしてしまった気がして、晴は視線を逸《そ》らす。いや、そのようなことを思う必要はないはずなのだが……。

刊行20周年!!

9月1日発売エメ

ASUKA COMICS CL-DX

『純情ロマンチカ』第28巻

中村春菊

ついに念願の卒業旅行に藤堂と共にやってきた美咲。ところが、宇佐見のせいで旅館に宇佐見家関係者一同が勢揃いしてしまい、嫌な予感しかしない状況に。おまけに藤堂に宇佐見と付き合っていることがバレて…?

ASUKA COMICS CL-DX

『海ニ眠ル花』第5巻

中村春菊

ついに豊臣の財宝に辿り着いた御影たちの前に、再び内藤が現れる。妹を殺したのはやはり内藤だったと知り、御影は激高する。御影と内藤、そして榊の最後の戦いが幕をあけるが…。
番外編『眠る蜉蝣』も収録。

ついに完結!!

大好評発売中
ヤングエース10月号増刊
emerald
エメラルド
2023
夏の号
SUMMER
over 中村春菊
さちも
〔駄犬に注意!〕
とりよし
リニューアル特大号!!
水名瀬雅良
杉原マチコ
めぎむら
陸裕千景子
×天野かづき
ときたほのじ
あずみつな
〔純情ロマンチカ〕〔世界一初恋〕
中村春菊
〔SUPER LOVERS〕〔八犬伝—東方八犬異聞—〕
あべ美幸
特別付録
直径9cm!
ROMANTICA☆20th☆SEKAICHI HATSUKOI
純情ロマンチカ
&世界一初恋

「だが、それでも君を守れたのだから、そのほうがずっといい」

そんなふうに言われると、やはり居たたまれないような気がしてしまう。

だが、一生の問題だと思えば、簡単には受け入れられなかった。いい人――いい竜人なのだろうとは思う。命の恩人でもある。好みのタイプという概念《がいねん》をねじ伏《ふ》せるほどの美形でもあり、言っていることが本当ならば浮気《うわき》をされる心配もない。

けれど……。

「すみません」

晴はそう言って頭を下げた。

「助けていただいたことも、あなた側の事情も分かりました。けど、やっぱり番になるのは無理です。出会ったばかりで、一生を決めるのはさすがに……」

それは本心からの言葉ではあったけれど、理由の全《すべ》てではない。

一番大きな理由は、自分が自らの素性《すじょう》を明かせないことだ。

番というのが伴侶以上の意味を持つというならば、当然フェルナンドは晴の身の上を知りたいと望むだろう。だが、それを話すことは晴にはできない。そんな相手を、フェルナンドは信用し、生涯《しょうがい》の相手とできるだろうか？

自分ならば無理だと思う。

それに、もしもこの人を好きになってしまったら、話せないことが晴自身も苦しくなるだろう。もちろん、今現在誰《だれ》かと恋愛《れんあい》をするような心の余裕《よゆう》が一切《いっさい》ない、というのもあるが。

「ふむ……やはり人の子はそう思うのだなぁ」

多少は怒《おこ》ったり、詰《なじ》ったりしてくるかと思った相手は、小さく頷くと、少し考えるように沈《ちん》黙《もく》する。

晴は逆にそれが気まずくて、伏せていた顔を少しだけ上げて、ちらりとフェルナンドを見る。

すると、その視線に気付いたのか、フェルナンドが口を開いた。

「ところで、君はどこへ向かうところだったんだ？」

「え？」

出てきた言葉があまりに予想外で、晴はぱちぱちと瞬《しばたた》く。

「馬車はこの街に向かっていたのだろう？　ここが目的地だったのか？」

「い、いえ、ここは経由地で、イベルタまで行く予定でした」

そう返してから、素直《すなお》に答えてしまってよかったのだろうかと思う。だが、すぐに思い直した。

そもそも何の手がかりもなく自分を追ってこられるような相手に、行き先をごまかしたところで仕方ないだろう。

それに、もう馬車からは降りてしまったのだ。イベルタへ向かうという計画も、見直さなければならない。

王都からの切符《きっぷ》代からすれば、ここからイベルタ行きの切符を買うこと自体はできる。だが、そのためには財布《さいふ》の中身のほとんどを吐《は》き出す必要があった。さすがにイベルタですぐに仕事が見つかるかも分からないのに、そんな博打《ばくち》のようなことはできない。

「イベルタか。ハルはイベルタで暮らしているのか？」

どうしたものか、と悩《なや》みかけた晴にフェルナンドは再び問いかけてくる。

「え？　いえ、そういうわけでは……」

「ならばそこで何か用事が？」

なんか、ぐいぐいくる……と内心戸惑《とまど》いつつも、晴は口を開く。

「用があるというわけではなくて、その、国を出ようかと思ったというか……」

「ああ、そう言えばあそこは国境の街だったな。そうか」

フェルナンドはうんうん、と何度か頷いて、それからにっこりと微笑《ほほえ》む。

「それならば、いっそエレンタニアに行かないか？」

「エレン、タニア？　ですか？」

一体どこだろうと思ったけれど、知らないとおかしいほど有名な地名だったらまずいので、そこは口を噤《つぐ》んだ。

「ああ。ザガルディアからは少し離れるが、竜人の暮らす平和で豊かな国だ。入国の審査《しんさ》が厳しいが、俺と一緒《いっしょ》ならば問題なく入れるから心配しなくていい」

どうやら、エレンタニアというのは国名だったらしい。そして、今の説明からして、晴がエレンタニアを全く知らないことは、フェルナンドにはお見通しのようだ。知らないことがおかしいと思われなかったのなら、いいのだけれど……。

そして誘《さそ》い自体は、早急《さっきゅう》にこの国を離れたい晴にとっては渡《わた》りに船と言えるものだった。

入国についてはフェルナンドと一緒ならば問題ない、という言葉も正直魅力《みりょく》的である。

だが……。

「――すみません。それはできません」

迷いつつも、晴は頭《かぶり》を振《ふ》った。

第一に、イベルタまでの移動費に頭を悩ませている晴では、ザガルディアから離れた場所にあるというエレンタニアまでの旅費を捻出《ねんしゅつ》することが難しい。

そして第二に、番《つがい》になることを了承《りょうしょう》したならともかく、断っておいて一緒に行くというのはさすがにどうかと思う。

「なぜだ？　移動についてなら問題はないぞ？　馬を用意しよう。ハルが乗れないのなら俺が共に乗って連れていく」

「……そこまで世話になれませんよ」

有り難《がた》すぎる申し出に一瞬言葉に詰まったが、さすがに図々《ずうずう》しすぎる。フェルナンドにはそれを説明した。自分はフェルナンドの番にはなれない。にもかかわらずフェルナンドの世話になることなど図々しく、申し訳ないにもほどがある、と。

けれど、フェルナンドは先ほどまでとは違《ちが》って、今度は全く引かなかった。

「断ったことが申し訳ないと思ってくれているならば、余計にこの話は受けてほしい。君の身が心配なんだ。膨大《ぼうだい》な魔力といい、世間を知らないことといい、今後もやっかいごとに巻き込まれる可能性は高い。特にこの国にいては確実だろう。だから、国を出ようとするハルの行動には大賛成だ。そして、エレンタニアほど安全な国はない」

フェルナンドから見てこの国の何がそんなにまずいのか、エレンタニアの何がそこまで素晴《すば》らしいのかは疑問だったが、自分にとってこの国にいることがまずいのは確かだ。

「それに、ハルは出会ったばかりで、一生を決めることはできないと言っただろう？　ならば、これからは一緒に過ごして、本当に無理なのか考えて欲しいんだ」

熱心な口調でそう言われ、乞《こ》うように見つめられて、晴は頬《ほお》が熱くなるのを感じて俯《うつむ》く。

こんなにも見目のいい男に熱心に口説かれて、心が揺《ゆ》れないはずもない。イケメン無罪とはよく言ったものである。

「……番だというのは認められないのに、本当にいいんですか？」

わずかに視線を上げ、絞《しぼ》り出すように小さな声で言った晴に、フェルナンドはぱっと表情を明るくする。

「それでも構わない。好きなだけ俺を利用してくれていい。もちろん、いつかは認めて欲しいという気持ちはあるが、このことを盾《たて》に無理矢理《むりやり》迫《せま》ったりはしない。約束する」

そう言われて……結局、晴は頷《うなず》いた。

実際のところ、この国を出る手段から模索《もさく》し直さなければならない状況《じょうきょう》に置かれた晴としては、本当に有り難い話ではあったのだ。

もちろん、ここが日本なら、こんな怪《あや》しい話には乗らなかったと思う。だが、なんの伝《つて》もなく、金銭的にも心許《こころもと》ない状況で、その上、命の危機にも遭《あ》ったあとだ。正直、心が弱っていた。

フェルナンドを心から信頼《しんらい》したわけではない。けれど、晴にはフェルナンドを信頼すること以上に、この国に留《とど》まることが恐《おそ》ろしかった。

自分が、まるで聖女のような力を発揮したと知ったあとでは……。

フェルナンドの力を借りてでも、早急にこの国を離《はな》れたいとそう思ったのだった。

◆

マグノルを発《た》ったのは、翌日の早朝のことだ。

フェルナンドが用意していたのは、一頭の毛並みの美しい馬だった。初めて近くで馬を見た晴はその大きさに驚《おどろ》いたが、動物は嫌《きら》いではない。

前もって馬に乗れるか訊《き》かれ、乗れないと伝えていたため、二人用の鞍《くら》を用意してくれていた。荷物はほとんどない。晴もフェルナンドもバッグを一つ持っているだけだ。

と言っても、フェルナンドのバッグは腰《こし》に付けるポーチのようなものだ。晴は金がなかったので買えなかったが、この世界のバッグには空間収納という謎《なぞ》の機能が付いているものがあり、実際のバッグの大きさよりも多くのものが入るらしいから、フェルナンドのバッグはそれなりだろうなと思う。

「え、俺が前に乗るんですか？」

「そうだ。そのほうが安定する」

そう言われれば、素人《しろうと》の晴としては従わざるを得ない。

フェルナンドの手を借りて跨《また》がると、思った以上の高さに驚いた。高いところは嫌いではなかったはずだが、少しだけ身が竦《すく》む。まぁ、一度は高所から落ちて死んだ身である。恐怖心《きょうふしん》が染《し》みついてしまっているのかもしれない。

だが、それもフェルナンドがうしろに跨がるまでのわずかな間のことだ。

「わ、ちょ、何……」

背中にぴったりと張り付かれて、晴は接触《せっしょく》面の多さに慌《あわ》てて振り返る。

「どうした?」

「いや、ちょっと、くっつきすぎじゃないですか?」

「くっついていたほうが安全だ。ほら、俺に寄りかかっていろ」

「ひゃっ」

背後から腰に腕《うで》を回され、抱《だ》き寄せられて、びくりと肩《かた》を揺らす。だが拍子《ひょうし》に足が馬の腹に当たってしまったせいか、馬が歩き出してしまい、そのまま動けなくなった。

さすがにシートベルトもなしにこの高さのものに乗っていては、暴れる気にはなれない。

「怖《こわ》くはないか?」

「っ……大丈夫《だいじょうぶ》、です」

馬が歩き出したことよりも、耳元で話しかけられたことのほうが、心臓を騒《さわ》がせている。

「ならこのまま行くぞ」

フェルナンドがそう言うと、速度が上がった。驚いたけれど、流れる景色を見れば、それほどの速さではないことが分かる。まだ街中なので、当然と言えば当然だろう。

「平気か？」

「平気です」

頷くと、フェルナンドは安堵《あんど》したようによかった、と言った。

そのまま馬で街を出て、街道《かいどう》を走る。先ほどより更《さら》にスピードは上がったようだったが、特に問題はなかった。だが、思った以上に揺れるため、多少なら話せるが、走りながら長く会話をするということは難しそうだ。話せないことの多い晴は、そのことにむしろ安堵していた。

もちろん、無言でいれば、この通常ではあり得ない密着具合が気になるのだが……。それでも、うかつなことを喋《しゃべ》って死にかけるよりはずっといい。

だが、当然ずっと黙《だま》っていられるわけではない。昨日は疲《つか》れたからといって寝《ね》たふりをしていたら本当に寝てしまい、おかげで余計なことを訊かれずにすんだけれど……。

「そんなに身を硬《かた》くしていては疲れてしまうぞ」

「わっ」

唐突《とうとつ》に話しかけられて、またもびくついてしまった。

一体、誰《だれ》のせいで硬くなっていると思っているのか。そう思ったけれど、相手はそんなこと、百も承知なのかもしれない。

耳元で楽しげに笑われて、晴はむっと口を噤《つぐ》む。けれど、そうしながらも背中から伝わる体温を意識せずにはいられなかった。

「……治癒魔法《ちゆまほう》が使えてよかった」

宿屋のベッドで自らに治癒魔法をかけつつそう呟《つぶや》いた晴に、フェルナンドが愉快《ゆかい》そうに笑う。

けれど、正直笑いごとではなかった。

馬に乗るのが初めてだった晴は知らないことだったが、尻《しり》や太もも、腹筋背筋などに思った以上の負荷《ふか》が掛《か》かっていた。乗って一時間も経《た》つ頃《ころ》には、強がりを通す気も失《う》せてフェルナンドに寄りかかってしまっていたくらいだ。

その後は時折休憩《きゅうけい》を挟《はさ》み、日が落ち始めた頃にこの街へと到着《とうちゃく》したのだった。合間合間に治癒魔法を使っていたため、深刻なダメージはない。けれど、本当に疲れた。

「夕食はどうする？　ここで食べるなら下で何か買ってくるぞ？」

「そのほうがいいかも……」

やさしい声で問われて、そう答えたけれど、すぐに何を甘えているのかと慌ててベッドから降りる。

「俺が行ってきます」

「疲れているだろう？　無理しなくていい」

ただでさえ、宿代などもほとんど世話になっている状況だ。それでいいという話でついてきたのだが、昼食のときも、すでに疲れ果てていた晴に、フェルナンドは何くれとなく世話を焼いてくれて、今もこの調子だ。さすがに気が引ける。

「でも……」

「気にするな。俺は旅慣れているし、そもそも竜人《りゅうじん》は人族より丈夫《じょうぶ》なんだ。大して疲れてもいないほうが動くのは当然だろう？」

フェルナンドはそう言いながら晴に歩み寄ると、大きな手でそっと髪《かみ》を撫《な》でる。

「それに、俺が君を甘やかしたいんだ」

「な……」

言葉通りの甘さを含《ふく》んだ仕草に、晴は言葉を失った。頬が燃えるように熱くなるのを感じる。

「すぐに戻《もど》る」

フェルナンドはそんな晴に微笑《ほほえ》んでそう言うと、さっさと部屋を出て行った。

「う……うう……」

晴は両手で顔を覆《おお》うとぱたりとベッドに倒《たお》れ込む。

「めちゃくちゃ恥《は》ずかしいんだけど……!?」

感情を抑《おさ》えきれず、そう口に出して身悶《みもだ》えた。

今までこんなふうに誰かに甘やかされたことはない。親はどちらかと言えば放任主義だったし、初めて付き合ったのは、よりによってあの神崎である。神崎は言葉こそ甘かったが、行動には全く移さない、いわゆる口先だけの男だったし、その言葉が、晴から何かを提供させるためだけの甘言であることも本心では分かっていた。

だから、フェルナンドの言動は晴を戸惑《とまど》わせる。まるで、自分が価値のある人間であるかのように錯覚《さっかく》してしまいそうになる。

正直、いやではない。でも、いやではないから困るというか……。

自分に向けられているやさしさは、番《つがい》に向けられるものだろうし、番になることを拒《こば》んでおきながらやさしさだけ享受《きょうじゅ》するというのは申し訳ないとも思う。

ぐぬぬ……と唸《うな》り声を上げているうちに、フェルナンドが戻ってきた。

「なんだ、眠《ねむ》いのか？　食事は起きてからにするか？」

ベッドに丸まっていたせいかそう声をかけられて、晴は慌てて身を起こす。

「いえ、大丈夫ですっ」

晴の言葉にフェルナンドはそうかと頷《うなず》いて、小さなテーブルの上に、いくつかの皿の載《の》ったトレイを置いた。

「好きなものを取っていいぞ」

メインらしい皿は二つあり、どちらも肉のようだが、片方は煮込《にこ》みで、もう片方は焼き物だった。深皿にはスープが入っていて、パンは一つの皿にまとめて載せられている。木製のジョッキに入っているのは赤ワインだろうか？

晴は礼を言って椅子《いす》に座ると、少し迷って焼き物のほうを食べることにする。

「……おいしい」

「そうか。よかった」

香草《こうそう》らしきものを混ぜたパン粉をつけて焼かれていたのは、鶏肉《とりにく》のようだった。食べやすい味付けで、ほっとする。

尤《もっと》も、この世界に自分の知っている鶏《にわとり》がいるのかは謎《なぞ》だが、深くは考えないことにする。だが、対《つい》の子ヤギの看板は自分の知るヤギの姿に見えたし、そもそも人が人としているのだからそれほど生態系に違《ちが》いはないのではないかとは思う。まぁ、竜人だの魔物だのというものもいるのだから、油断はできないが……。

「そういえば飲み物を葡萄《ぶどう》酒にしてしまったが大丈夫か？」

「あ、はい、多分」

やはり赤ワインだったらしい。酒はそれほど強くないが、一杯《ぱい》程度ならば問題ないはずだ。

「……フェルさんは酒が好きなんですか？」

「フェルでいいと言ってるだろう？　――そうだな、酒は好きだ。俺に限らず竜人は大抵《たいてい》酒好きだな」

「へぇ、そうなんですね」

竜が酒を好きだというのは、なんとなく解釈《かいしゃく》が一致《いっち》するように思う。大酒飲みを蟒蛇《うわばみ》というし……大蛇《だいじゃ》と竜を混同するのは失礼かもしれないけれど。

「ハルはあまり竜人については知らないようだな」

「えっ、あ、はい……そう、ですね。すみません」

ドキリとしたけれど、知っていると嘘《うそ》をつくこともできず、小声で謝罪する。

「謝ることじゃないさ。国を出て旅をしている竜人はそれなりにいるが、定住することはほとんどないからな。詳《くわ》しく知らない人間も多い」

そうなのか、と内心ほっとしつつ、なるほどと頷く。

「ハルさえよかったら、竜人について説明してもいいか？」

「はい、もちろんです」

むしろ、教えてもらえるならば大歓迎《だいかんげい》だ。この世界の知識はいくらあってもいい。フェルナンドは嬉《うれ》しそうに微笑んで、口を開く。

まず、竜人というのは竜の血を引く種族の総称《そうしょう》で、見た目は人族に近く、額のケランと呼ばれる角の名残《なごり》で見分けが付くという。どうやら、額についているのはアクセサリーや化粧《けしょう》ではなかったようだ。

おおよそ八割以上がエレンタニアに住んでいて、住んでいないもののほとんどは、番を求めて旅をしているだけであり、エレンタニアの外に定住しているものはほんのわずからしい。

「人族は大抵の者が一種類の魔法が使えるだろう？　多くても二種、稀《まれ》に三種のものもいるようだが、めったに現れないと聞く。獣人族《じゅうじん》はそのほとんどが魔法は使えないが、その分もともとの身体能力が高い」

晴は頷きながらも内心、フェルナンドの口から出た『獣人族』という言葉に驚《おどろ》いていたが、表情に出さないように気をつける。幸い、食事をしながらの話だ。フェルナンドの視線も晴と皿の間を行ったり来たりしているため、気付かれずに済んだようだ。

「そして、竜人族は人族に比べて遥《はる》かに魔力量が多く、使える魔法の種類も複数の者が多い。少ないものでも二種、大抵は三種程度が使える。そして、身体能力は獣人族よりさらに高い」

「いいとこ取りじゃないですか」

驚いて思わずそう言うと、フェルナンドは笑う。

「だが、その代わり、人や獣人族に比べると数は少ないぞ。まぁそれは番が同性の場合や、番が見つからなければ子を作らないという者もいるせいだな。もちろん番でなくとも子作りをする夫婦《ふうふ》もいるが」

「なるほど……」

確かに自分とフェルナンドも同性である。性別については種族的にあまりこだわらないということなのだろう。

「番は人や獣人であることも普通《ふつう》なんですか？」

「七割以上は竜人同士だな。他《ほか》はほとんどが人、稀に獣人だが……」

そこで一旦《いったん》フェルナンドは言葉を切った。

「稀にいる魔《ま》法《ほう》を使える獣人は、竜人の番であることが多いんだ。魂《たましい》が竜人だから、獣人でも魔法が使えるのだろう、という考えが主流だな。ただ、最近では、番が見つからないものの中には、魔力がない獣人が番だからではないかという可能性も考えられている」

「魔力がない獣人だと、見つからないんですか？」

「俺たちが番を見つける際に感じるのは魔力が発する匂《にお》いだ。だから、魔力がない――極《きょく》端《たん》に少ないものが番だと、見つけられないのではないか、という考えだな」

「ああ、そういうことですか」

確かに、フェルナンドも晴の魔力の匂いを辿《たど》ってきたと言っていたな、と思う。

「でも……」

浮《う》かんだ疑問を口にしようとして、晴はハッと口を噤《つぐ》む。

「どうかしたか？」

こんなことを訊《き》いてもいいのだろうかと思ったけれど、促《うなが》されておそるおそる口を開く。

「魂が分かれて番になるというなら、魔力がないのはおかしいってことにはならないのかな、と思って」

宗教というか、思想的なことに口を挟《はさ》んでしまった気がして少し緊張《きんちょう》したけれど、フェルナンドはそのことか、と頷いた。

「魂の割合の問題じゃないかと言われている。竜人《りゅうじん》同士の番であっても、魔力量が全く同じというわけではないことも多いからな」

「ああ、そうなんですね」

なんだか不思議な話だ。本当に魂が分かれているのか、たまたま自分と似た匂いの魔力を持つものを番だと感じているのか微妙《びみょう》なところではないだろうか。そう思ったけれど、竜人でない自分が否定していいことではないだろうと思って口を噤む。

正直、晴の常識からしたら魂云々《うんぬん》の時点で眉唾物《まゆつばもの》に思えてしまう。そもそもフェルナンドが番だという自分は異世界から来たわけで、そんな世界を越《こ》えたところにまで魂が分かれることなどあるのだろうかとも思う。

とはいえ、魔法のある世界なのだから科学では考えられないような事象も起こり得るのだろうし、それを信じている者がいることは、何もおかしなことではない。

「そう言えば、さっき魔法について言ってましたけど、フェルさんも魔法が三種使えるんですか？」

「フェルだ」

「え？」

「フェ・ル」

晴が首を傾げると、フェルナンドはにっこりとわざとらしい笑みを浮かべ、念を押すようにそう言った。

いい加減、フェルと呼べ、ということだろう。晴は困って眉尻《まゆじり》を下げたけれど、フェルナンドの表情が変わらないのを見て、小さくため息を吐《つ》いた。

「フェルは、何の魔法が使えるか訊いてもいいですか？」

「もちろん」

晴の言葉に、フェルナンドはわざとらしさの消えたきれいな笑顔で頷く。

「俺は光と闇《やみ》以外は使える。地水火風の四種だな」

「えっ、すごいじゃないですか」

思わずそう口にしていたけれど、フェルナンドは小さく笑い声を立てた。

「ハルのほうが稀少《きしょう》だろう」

治癒《ちゆ》魔法のことだろうか？

そんなに珍《めずら》しいものだったのか、と思いつつ、晴はごまかし笑いを浮かべる。

「ハルが使えるのは光だけか？」

何でもないことのように訊かれて、晴はぱちりと瞬《しばたた》いた。

「ええと、俺が使えるのは、治癒魔法、のはずですけど」

フェルナンドが少し驚いたように目を瞠《みは》る。けれどすぐに得心がいったように頷《うなず》いた。

「ああ、そうか。治癒魔法は光魔法の一種だ。知らなかったんだな。――ザガルディアでは浄化《じょうか》魔法を聖女の御業《みわざ》、と呼称《こしょう》したりするし、そういうこともあるだろう」

フェルナンドはそれで納得《なっとく》したようだったが、晴からするとその言葉は聞き捨てならないものだ。

「待ってください。聖女の御業が……」

声が震《ふる》えそうになって、晴は一旦言葉を切ると深呼吸する。

「ええと……浄化魔法？　それは、普通に使える魔法なんですか？」

「普通ではないな。だが、おそらく使えるものはほとんどいないはずだ。俺も会ったことはないし、竜人にもいない。だが、理論上分類するならば、非常に強力な光魔法、ということになると聞いたことがある。まぁ、ザガルディアの人間は認めないだろうがな」

フェルナンドは呆《あき》れたように笑う。

だが、晴は全く笑えなかった。血の気が引いたような気さえする。

自分が暴走させたのは治癒魔法で、治癒魔法は光魔法で、聖女の浄化も光魔法……。それは、つまり――。

「ハル？　大丈夫《だいじょうぶ》か？　顔が真っ青だぞ」

心配そうに声をかけられて、晴はハッと我《われ》に返った。

「あ、は、はい。大丈夫です。あの、少し、驚いて」

「すまん。ルディア教の信者じゃないのだと思っていたが……」

ルディア教？　と一瞬《いっしゅん》首を傾げそうになったが、すぐにそれが女神《めがみ》ルディアを崇《あが》める宗教の名なのだろうと気付く。

おそらく、フェルナンドは晴が、聖女の御業が光魔法だと言われたことにショックを受けたと誤解したのだろう。ルディア教の信者なら、奇跡《きせき》か何かだと思っているのだろうし。

けれど、そうではない。晴は頭《かぶり》を振《ふ》った。

「違《ちが》います。俺は、女神なんて信じてません。本当に少し、驚いただけで……すみません」

「いや、謝らないでくれ。この話はここまでにしよう」

気を遣《つか》ったのだろう、そういってくれたフェルナンドに、晴はもう一度頭を振る。

「大丈夫です。大丈夫なので、もう少し聞かせてもらえませんか？」

「そう言われてもな……。何について知りたいんだ？　ルディア教か？」

晴はこくりと頷く。

「女神ルディアを崇めている宗教なんですよね？」

「ああ、そうだ。俺は信者じゃないから、それほど詳《くわ》しいことは知らないんだが……」

フェルナンドはそう前置きをした上で、いくつかのことを教えてくれた。

ルディア教は、女神ルディアを崇める一神教であること。中心はザガルディアであり『ザガルディア』自体が『ルディアを崇める』という意味の古い言葉であること。

ザガルディア王国は宗教国家であり、世界で唯一《ゆいいつ》『聖女』を使って魔物に対処しているらしいこと……。

「聖女とは、どういうものなんですか？」

聖女という言葉が出てきたことにドキリとしつつ、そう訊いてみる。

「異世界から呼び寄せられる、女神ルディアの力の代行者だと言われているな」

膨大《ぼうだい》な魔力を持ち、その魔力で国中を浄化して回ることで魔物を防ぐのだという。

召喚《しょうかん》の術式自体は秘匿《ひとく》されているけれど、聖女召喚の儀《ぎ》が行われることに関しては公布があり、この時期には聖女を一目見ようと国内外から多くのものがザガルディア王国の首都に足を運ぶのだとか。

その辺りは、宿屋で聞いたのと同じだなと思う。

「あとは……そうだな。聖女はザガルディア内の浄化が終われば他国にも赴《おもむ》くが、その際には多くの寄進が必要になると聞くぞ。それこそ国家予算規模の金が必要だとか」

その言葉に晴が思わず顔を顰《しか》めると、フェルナンドは愉快《ゆかい》そうに笑った。

異世界から無理矢理《むりやり》呼び出した人間を聖女だと担《かつ》ぎ上げ、働かせ、その上他国からは大金を巻き上げているのだと思えば、いいイメージを持つことなどできるはずもない。

「他国って、エレンタニアにも来るんですか？」

「まさか。聖女が派遣《はけん》されるのは、ザガルディアの周囲にある、国教がルディア教のいくつかの小国だけだ」

エレンタニアとザガルディアは、国交自体がほとんどないという。

魔物《まもの》に関しては、どこの国でも対処に苦慮《くりよ》しているが、エレンタニアを始め、多くの国では軍が戦うことによって被害《ひがい》を防いでいるらしい。

「むしろ『聖女』を使って魔物に対処しているほうが珍しい」

「そうなんですね……」

聖女召喚などという誘拐《ゆうかい》を、国ぐるみで行っている非常識な国はザガルディアだけで、その恩恵《おんけい》に与《あずか》っているのもルディア教の国だけだと知ってほっとする。ルディア教を信じている国民まで悪だとは思わないけれど……。

「国の中枢《ちゅうすう》にいる人間に偏見《へんけん》を持ちそうです」

政治は綺麗事《きれいごと》だけでは成り立たないとは言うけれど、巻き込まれたほうは堪《たま》ったものではない。

「そ、そうか……。まぁ、ザガルディアの王家は俺もどうかと思うがな」

少し困ったように苦笑《くしょう》するフェルナンドに、大きく頷いて、すっかり冷めてしまったスープを飲む。

「あと、浄化魔法についてなんですけど――本当に光魔法なんですか？」

おそるおそるそう訊《き》くと、フェルナンドはあっさりと頷く。

「まぁ俺も魔法研究については門外漢だが、エレンタニアの研究者の間ではそう結論づけられていたはずだ」

エレンタニアは魔法が得意な竜人《りゅうじん》の国なだけあって、魔法研究では他《ほか》の国より一歩も二歩も先んじているらしい。

「光魔法って、光るだけじゃないのか……」

ぽつりと呟《つぶや》いた晴に、フェルナンドが笑う。晴は、言葉が零《こぼ》れていたことに気付いてわずかに頬《ほお》が熱くなった。

「そもそも光魔法で作られる光は、ただ光っているだけじゃなく、治癒《ちゆ》や解呪《かいじゅ》などの効果があると言うぞ」

「そうなんですか？」

宿屋で使ってみたときは、暗いところを照らすのに便利、くらいのものだと思っていたが違ったらしい。

「馬車に乗っていた者たちの怪我《けが》は治っていたと言っただろう？」

「言いましたけど、あのときは治癒魔法を使ったんだと思っていたんですよ」

ということは、治癒魔法を使おうとしたら光るということだろうか？　そう考えて、今日何度も使ったけれど、光った気はしなかったけどなと首を傾《かし》げる。

「光魔法を使える者は珍しいからな。研究も遅《おく》れている。ただ、通常はちょっとした怪我を治したり、軽い毒を中和したり、呪《のろ》いを解いたりする程度の力しかない。もちろん、それでも十分、重宝する力だとは思うが」

確かにそうだ。

そして、その呪いを解くという部分から、魔物を浄化する力があるのではないかという研究に進んだらしい。魔物の体組織を一部浄化することに成功したとか。

「じゃあ、本当に光魔法が浄化魔法なんですね……」

ということは、やっぱり自分も聖女なのでは……？

いや、男だから聖女ではなく聖人？　とかだろうか？

分からない。だが、呼び方などはどうでもいい。今分かるのはとにかく、王都を離《はな》れたのは正解だったということとくらいだ。

絶対に、あんなやつらの金稼《かせ》ぎのために働いたりしたくない、と強く思う。

そんなのは、今も城でちやほやされているだろう咲茉に任せておけばいい。

――咲茉に光魔法が使えるなら、だが。

ぞわりと背筋が寒くなった気がして、晴は小さく身震《みぶる》いする。

「どうした？　何か心配なことがあるのか？」

「いえ、何でもないです」

「……そうか。まぁ、話したくなったらいつでも話せ」

フェルナンドはそう言うと、残っていた食事を次々に口に放《ほう》り込み始める。といっても、その所作は洗練されていて、どこか品があるのだが。

何も訊かれなかったことにホッとしつつも、晴も残りの食事を口に運ぶ。

そうしてちょっとした沈黙《ちんもく》が落ちると、疑問が湧《わ》き上がってくる。

「……どうして何も訊かないんですか?」

墓穴《ぼけつ》を掘《ほ》るような質問だと分かっていながらも、晴は結局そう問いかけてしまった。

「俺にとってハルは番《つがい》だが、ハルにとっての俺は違うだろう?」

「それは、まぁ、そうなんですけど……」

申し訳ないが、その通りである。晴の答えに、フェルナンドは苦笑する。

「ハルにとって俺は、単なる出会ったばかりの相手だってことはちゃんと理解している。当然、話せないことなんていくらでもあるだろう。だが、それでも一緒《いっしょ》に来て欲しいと願っているのは俺のほうだ。だから、ハルがいやがることはしない。当たり前だろう?」

そんなふうに言われて、晴は胸の奥がくすぐったいような、不思議な気持ちになった。

フェルナンドは、晴を尊重してくれているのだ。そして同時に、それは晴がフェルナンドの希望を叶《かな》えているからだと言うことで、心を軽くしてくれもした。

それを嬉《うれ》しいと思ってしまうのは、止めようがない。

「とは言っても、興味がないわけでも、知りたくないわけでもない。ハルが話してくれるのならいつでも聞きたいと思っていることは、覚えておいてほしい」

そう続けられた言葉に、晴は少しの罪悪感を覚えながら、ただこくりと頷《うなず》いたのだった。

◆

——どうして、自分はここにいるのだろう？

目の前の焚《た》き火の跡《あと》を見ながら、ぼんやりと考える。

焚き火は、ここで夜を過ごすために焚いたもので……。

「ああ、そうか……」

そこは森の中だった。

とは言っても、道は通っていて、大きな馬車であっても通り抜《ぬ》けられるような場所だ。

だが、国と国の境であり、人の住む場所ではないせいか、魔物が多いのだという話は聞いていた。そのため、逆に盗賊《とうぞく》のような者たちは少ないのだとか。

フェルナンドと旅を始めて五日目。

当初の目的地だったイベルタを出て、緩衝《かんしょう》地帯のこの森に入ったのは、昨日の朝のことだった。馬車よりも馬のほうが速いはずなのだが、二人乗りであることや、晴が旅慣れないこともあって、あまり旅程に変化はない。

国境とは言え、一応はザガルディアを出られたことに、晴はほっとしていた。ザガルディアは入国には審査《しんさ》がいるらしいのだが、出国は特になんの問題もないと前もってフェルナンドに聞いてはいたものの、問題なく出られたことに少しだけ拍子抜《ひょうしぬ》けした。もちろん、それ以上に安堵《あんど》していたけれど。

そうして、森を抜けるには丸一日かかるということだったため、夕方過ぎに二人は森の中で野営をすることになったのだ。

今日の午前中には、イサーラ王国に入れる予定だ。

どうして、忘れていたのだろう。

夜の間、一度だけフェルナンドがここを離れて近付いてきていた魔物《まもの》を狩《か》ってくれたようだったけれど、それ以外は問題なく過ごせた。

けれど……。

晴はこのあとに起こることを知っていた。馬の用意を終えて、さぁ出発しようというそのときに――。

突然《とつぜん》何か大きな足音がして、晴はそちらに視線を向けた。

何か巨大《きょだい》なものが近付いてくる。それは猪《いのしし》を大きくして、牙《きば》を鋭《するど》くしたような、そんな魔物だった。晴は咄嗟《とっさ》に何もできずに立ち尽《つ》くす。

魔物の赤く光る目が、晴を見つめた。それはきっと一瞬《いっしゅん》だっただろうけれど、晴は何倍もの長さに引き延ばされたような、そんな錯覚《さっかく》を覚える。

それを断《た》ち切ったのは、フェルナンドだった。

フェルナンドは、悲鳴を上げることすらできずにいた晴と魔物の間に割って入ったかと思うと、魔物に向けて手をかざし、次の瞬間にはその首をすっぱりと切り落としたのである。

魔物は首を落とされてもなお勢いを失わず、体だけでこちらに向かってきたが、フェルナンドがかざしたままの手を軽く振《ふ》ると、舞《ま》い上がるようにして近くの大木にぶつかって止まった。

辺りが、魔物の流した血で赤く染まる。

その血はどんどんと広がって、晴の足下《あしもと》へと到達《とうたつ》する。気付けば辺りは真っ赤に染まっていた。

そして、地に落ちた魔物の目が光を失わぬままにこちらをじっと見つめて――。

「――ル……ハル！」

「っ……」

浅い眠《ねむ》りから覚めた晴は、自分の顔を覗《のぞ》き込んでいた男に気付いて、ハッと目を瞠《みは》った。

「大丈夫《だいじょうぶ》か？」

「え……？」

一瞬、ここがどこだか分からなくて、晴は何度か瞬《まばた》きを繰《く》り返す。

ゆっくりと視線を巡《めぐ》らせて、ようやくここが宿屋の一室であることを思いだした。

「悪い夢でも見たのか？　随分《ずいぶん》うなされていたが……」

「あ……」

フェルナンドの言葉で夢の内容が脳裏《のうり》に蘇《よみがえ》り、晴は小さく頷いて体を起こす。

「そうみたいです……。起こしてくれてありがとうございました」

フェルナンドは晴の言葉に頭《かぶり》を振りながら、コップに冷たい水を満たして渡《わた》してくれる。晴は有り難《がた》くそれを受け取ると、喉《のど》に流し込んで小さくため息を吐《つ》いた。

あの夢は、この街に着く直前、実際にあったことだ。もちろん、血が全面に広がったりはしなかったけれど。

襲《おそ》ってきたのはイビルボアという名前の魔物で、森にはよく出るのだという。ただ、あの大きさにまで成長することは稀《まれ》だという話だ。

だが、どれだけありふれた魔物であっても、晴にとっては初めての遭遇《そうぐう》であり、血を流して倒《たお》れる生き物の姿は衝撃《しょうげき》であった。

晴はほとんど腰《こし》が抜けたようになってしまって、魔物の処理をし終えたフェルナンドに抱《かか》えられるようにして馬に乗せられて、このイサーラ王国へと足を踏《ふ》み入れたのだった。

本当はもう少し先の街まで足を進めるはずだったが、晴がそんな状態だったのと、ちょうど雨が降り出したこともあって、早めに宿に入ったのである。

そうして、久々にゆっくり過ごすことにしたのだが、昼食のあと少しベッドでうたた寝《ね》をしてしまったらしい。

そして、あんな悪夢を見たのだ。

襲われたことそのものに対する恐怖《きょうふ》より、生き物が殺されたことに対する恐怖のほうが大きかったと、晴自身に知らしめるような……。

あれほど大きな魔物だ。あのとき、フェルナンドが風魔法で切り伏《ふ》せなければ、自分はあの牙に突《つ》かれて死んでいたかも知れない。

だから自分が胸に抱《いだ》かなければならないのは、フェルナンドへの感謝と、ただ立ち尽くすことしかできなかった自分への慚愧《ざんき》の念であるべきだ。

なのに、実際はあの魔物が血を流して倒れたことに、ショックを受けている。

魔物というのが、あくまで生き物であると、はっきりと理解した。馬車で襲われたときは、乗客が傷つけられたことや、自分が襲われそうになったことが恐慌《きょうこう》に繋《つな》がったけれど、あのときは魔物がどうなったかは見ていなかった。

魔物といっても、ゲームのように、金と経験値をおいて消える存在ではないのだと、ようやく理解したのである。

それを殺すということが、怖《こわ》い。

だが、助けてもらっておいて、その行為《こうい》に対して恐怖を抱くなんて酷《ひど》すぎる。肉を食べながら、家畜《かちく》を殺すことは残酷《ざんこく》だと言うようなものだ。

――次は、自分だってちゃんと立ち向かわなければ……。

「どうした？」

「え？」

「ため息をついてばかりじゃないか」

指摘《してき》されて、初めて気付いた。どうやら知らないうちにため息を零《こぼ》していたようだ。

「それほど酷い夢だったのか？」

晴の顔を覗き込むようにベッドに腰掛《こしか》けたフェルナンドが、心配そうに首を傾《かし》げる。晴は慌《あわ》てて頭を振った。

「違《ちが》う違う。え、ええと……その、魔物に襲われたとき、何もできなかったから」

晴の言葉に、フェルナンドは少し戸惑《とまど》うようにぱちぱちと目を瞬《しばたた》く。

「気にする必要はないだろう？　戦えるものが戦えばいい」

「それは、そうかもしれないけど……魔法が使えるのに申し訳ないというか」

晴だって、誰《だれ》もが全《すべ》てのことをできるべきだとは思わない。

得意不得意があって当然だし、魔法が使えないならば仕方がないと思う。けれど、そうではないのだ。それに、魔物を殺すことがいやだと思ったからこそ、それをフェルナンドだけに押しつけているようで気に掛《か》かる。

その上、自分は戦闘《せんとう》だけでなく、他《ほか》の全てにおいてもフェルナンドに頼《たよ》り切りなのだ。

「……ハルは、光魔法の他にも、火と水が使えるんだったな？」

フェルナンドは少し考え込んでいたが、やがてそう口を開いた。

「あ、うん、そうです」

本当は他もいろいろ使えるのだが、さすがにそれを告げる勇気はなく、光と火と水が使える、ということにしておいたのだ。十分多いのだけれど、フェルナンドは四種類使えるのだし、王が三種ということは三種類まではギリギリ人の範囲《はんい》だろうかと思ってのことだった。

「光魔法は、あまり使うところを人に見られないほうがいいかも知れないな」

言われてみればそうだ。晴は素直《すなお》に頷《うなず》く。

「まずは、火か水を防御《ぼうぎょ》として使ってみるというのはどうだ？」

「防御、ですか？」

火や水の魔法と防御というのがどうにも結びつかない気がして、晴は首を傾げる。

「炎《ほのお》や水流で壁《かべ》を作り出す魔法がある。火球を飛ばすようなものよりよほど魔力を消費するが、ハルの魔力量なら大した負担にならないはずだ。大抵《たいてい》の場合は火で作って、火耐性《たいせい》のある魔物に対しては水で、と使い分けるといい。水と言っても渦《うず》を巻いている水は近付くものを弾《はじ》くから、よほどの突破《とっぱ》力のある魔物でなければ大丈夫だろう」

「なるほど」

確かにそう言われると突破されにくそうなイメージはある。

「けど、それじゃ結局戦闘のとき、フェルにばかり負担が掛かるじゃないですか」

晴の言葉にフェルナンドは珍《めずら》しく目を丸くして、それから声を立てて笑った。

「ちょ、何ですかっ？」

「いや、俺のことは心配しなくていい。竜人《りゅうじん》にとって魔物《まもの》は、種類にもよるが大抵はそれほど脅威《きょうい》じゃないんだ。だが、ハルが安全だと分かっていればそれだけ戦いやすくはある。そういう意味でも、防御に徹《てっ》してくれると有り難《がた》い」

「……そういうことなら、分かりました」

頷くと、フェルナンドは安堵《あんど》したように小さく息を吐く。

正直に言えば、それは晴も同じだった。自分も何かしなければと思う気持ちに嘘《うそ》はないつもりだったけれど、それでもやはり魔物を殺すことが怖いという気持ちを、消すことはできなかったから。

ひょっとすると、フェルナンドもそれを分かっているのかもしれない。

「街中では無理だが、開けた場所で時間が取れそうなら、練習に付き合おう」

「はい、ありがとうございます」

フェルナンドの言葉に、晴はしっかりと頷いた。

大抵移動中の昼食は街の外で摂《と》っているから、おそらくはそのときになるだろう。大きな魔法は使ったことがない。せめて自分を守ることくらい、うまくできるといいのだが、と考えつつ、晴は自分の手のひらをじっと見つめた。


雨が止《や》んだのは、そろそろ夕方になるという頃《ころ》のことだ。

「ハル、夕食を摂る前に、少し買い物をしたいんだが、付き合ってもらえるか？」

「いいですよ」

ザガルディアを出られたことで、晴は随分《ずいぶん》と気が楽になっていた。街中で買い物をするのにビクビクする必要もないだろう。

「何を買うんです？」

「携帯《けいたい》食料や、雨具なんかだ。一人のときは大して雨など気にしていなかったが、ハルを濡《ぬ》らすわけにはいかないからな」

「そこは気にしてほしいけど……ありがとうございます」

この世界の雨具というのはどういうものなのだろう？　まぁ、馬に乗るのだから、レインコートのようなものだろうか。

そんなことを考えつつ、支度《したく》を調《ととの》えて宿を出た。

店についてはフェルナンドが宿の主人に訊《き》いておいてくれたらしく、向かう足取りに迷いはない。

けれど……。

「わっ」

「おっと」

足を滑《すべ》らせた晴を、フェルナンドが腕《うで》を摑《つか》んで支えてくれる。街の石畳《いしだたみ》はまだ濡れていて滑りやすくなっていたらしい。

「ごめん、ありがとう」

礼を言うと、フェルナンドは気にするなと笑ったが、腕を摑んでいた手でぎゅっと手を握《にぎ》ってきた。

「フェル？」

「また転ぶと危ないからな」

そう言われると、今まさに転びかけた晴としては反論もできず、黙《だま》って歩くしかない。

なんだかおかしな感じだ。けれど、ここのところ馬に乗っているときはもっとずっとくっついているためか、いやだとは思わなかった。少し恥《は》ずかしい気はするが、それは子ども扱《あつか》いされているせいだろうと思うことにする。

……いや、さすがに無理だ。

フェルナンドは好きだとか、愛しているだとか、そういうことは口にしない。言葉を惜《お》しんでいるのではなく、晴を困らせないためだろう。

けれど、目や声の甘さまではごまかしてくれない。

言葉にしなくても伝わる、なんて言うのは、言葉にするのが面倒《めんどう》なやつの言い訳だとしか思っていなかったけれど、そうではないのだと、フェルナンドと出会って知った。

どうにも恥ずかしいけれど、言葉にされたわけではないので拒《こば》めない。

繋がれた手の温度に困惑《こんわく》と羞恥《しゅうち》を覚えている間に、どうやら店に着いたらしい。

金属でできた看板は、何かの植物のようだった。この街の看板は金属製のものが多い。

ようやく手が離《はな》れたことにほっとしつつ、フェルナンドに続いてドアを潜《くぐ》る。

雨のせいか、店の中は少し薄暗《うすぐら》い。こぢんまりした店は雑貨屋と言っていいのだろうか？

棚《たな》に並ぶものにはいまいち統一性がなかった。

ここに雨具が置いてあるのだろうか？

「好きに見ていてくれ」

棚の中を興味深く覗《のぞ》き込んでいるとフェルナンドはそう言って、右手奥にあったカウンターのほうへ向かう。

晴はついていくか少し迷ったけれど、言われたとおり店を見て回ることにした。

不思議な形のランプや、美しい水差し、半透明《はんとうめい》の液体の入った蓋《ふた》つきのガラス瓶《びん》が並んでいるかと思えば、布や革製《かわせい》のバッグ、革紐《かわひも》に木彫《きぼ》りのペンダントトップがついたアクセサリーのようなものが吊《つ》り下げられていたりもする。別の一角は本棚《ほんだな》に本が何冊か置かれていたり、置物のようなものや、彫刻《ちょうこく》を施《ほどこ》された木箱、金属の小鳥が入った鳥かごがあったりもする。だからといって少女趣味《しゅみ》な空間かといえば決してそうではなかった。

むしろ魔女がやっている魔法の店、のような……。

そう考えて、この世界には魔法があるのだから、魔法の店というのは、普通《ふつう》にあるのではないかと気付く。

そう思って、見回してみればなんだかしっくりきた。この金属の小鳥も、何かしたら歌い出すのかもしれない。

そんなことを考えているうちに、フェルナンドが戻《もど》ってきた。手にはフード付きのポンチョのようなものを持っている。色はややオレンジがかったベージュのような色だ。

「これが雨具ですか?」

「ああ。ちょっと着てみてくれ」

そう言われて、今着ているコートを脱《ぬ》ぎ、渡《わた》されたポンチョを羽織った。フェルナンドがボタンを留めてくれようとしたので慌《あわ》てて自分で留める。

「大きさは問題なさそうだな」

ポンチョには袖《そで》がないため、これで雨が凌《しの》げるのかと不思議だったけれど、こちらの世界ではこれが主流ということなのだろうか。

「えっ」

「これは風魔法の付与《ふよ》された魔道具でな、身につけていれば周囲に雨粒《あまつぶ》を寄せ付けない」

そんなすごいものなのか、と晴は思わず生地《きじ》を触《さわ》ってみるが、よく分からない。

「防塵《ぼうじん》にも使えるというし、これでいいだろう」

「は、はい」

よく分からないままに頷いて、ポンチョを脱ぐ。

「何か、気になるものはあったか？」

ポンチョを受け取りつつそう訊いてくるフェルナンドに、晴はちらりと鳥かごに視線を向けた。

「気になるっていうか、これ、何だろうなって……」

「ああ、これか。おそらくだが……」

言いながら、フェルナンドが手を伸《の》ばし、鳥かごの下の辺りに手をかざす。すると……。

「わっ」

ピールルルルゥ、と澄《す》んだ声で小鳥が鳴き、止まり木の上をちょんちょんと移動する。そして元の場所でまた止まった。

「なんかこういう玩具《おもちゃ》あった気がする」

魔法でも似たようなものを考える人がいるのだと思ったら、くすりと笑ってしまった。

「買っていくか？」

「え？　いえ、どういうものなのか気になっただけですから」

大体、持って歩くようなものではないだろう。

フェルナンドもそれは分かっているのか、それ以上は勧《すす》めてこない。

そのあと少し二人で店の中を見て回るのは楽しかった。何かに興味を示すたびにフェルナンドが買い与《あた》えようとするのだけは困ってしまったけれど。

必要なものを購入《こうにゅう》し、二人は店を出た。

このあとは、保存食を買いに市場のほうへと向かうのだろう。

「なぁハル、今の店をどう思った？」

「どうって……いろんなものが置いてあって、面白《おもしろ》かったですけど……」

それがどうかしたのだろうか？

不思議に思って首を傾《かし》げたけれど、フェルナンドはそうだろうというように頷《うなず》いた。

「魔道具は、人族のほうが竜人族《りゅうじん》よりも優《すぐ》れている分野の一つだ。人族のほうが使える魔法や魔力《まりょく》が少ないからこそ、道具に頼《たよ》ることでそれを補おうという動きが生まれたんだろう」

「あぁ、なるほど」

確かに、それはそうなのかもしれない。

置いてあった道具の中には、水魔法が使えなくても水を満たすことのできる水差しなどもあったし、火魔法が使えなくとも火を点《つ》けられるランプや、懐炉《かいろ》のようなものもあった。雨具は風魔法が付与されているという話だったし、確かにその属性が使えないものでも恩恵《おんけい》に与《あずか》れるというのは大きい。

そしてそれは、平均的に二〜三属性が使えるという竜人族より、一属性しか使えない者が多い人族にこそ必要とされる場面が多いはずだ。

「魔道具を作る職人の多くは、直接魔物と戦うことはないだろうと思う。けれど、それで役に立っていない、とは思わないだろう？」

「それは、そう、ですね……？」

当然だろうと相槌《あいづち》を打とうとして、晴はハッとした。

自分が魔法を使えるのに戦えないことを気にしていると思って、フェルナンドはわざわざ晴を魔道具の店に連れてきてくれたのだろうか？

もちろん、雨具を買うという目的があったのも嘘《うそ》ではないと思う。けれど、いつものフェルナンドなら、今日のような状態の晴を外に連れ出すことはなかったようにも思うのだ。

休んでいろと言って、一人で済ませてしまったのではないだろうか？

「――――ありがとうございます」

「うん？　なんのことだ？」

フェルナンドはそう言ったけれど、晴にはもう、そうとしか思えなかった。フェルナンドのやさしさに胸の奥がほんのりと温まるのを感じて、晴はそっと微笑《ほほえ》んだ。

◆

「ハル！」

自分を呼ぶ心配そうな声に、晴は大きく手を振《ふ》る。

「こっちは大丈夫《だいじょうぶ》！」

馬車の中で震《ふる》えている子ども二人を庇《かば》いつつ、光魔法を混ぜた炎《ほのお》の壁《かべ》で周囲を囲んだ。

魔物との戦いには未《いま》だに慣れないけれど、これは自分向きの戦法としてかなり完成度が高いのではないかと思っている。

火魔法だけだと生き物が燃えるという事象に晴の精神が摩耗《まもう》してしまう。もちろんやらなければやられるわけで、殺せないとか甘いことを言っていられる状況《じょうきょう》ではない。

だが、自分の出した炎で生き物が焼かれていくのを見た瞬間《しゅんかん》、晴は無理だ、という感情しか持てなかったのだ。水のほうもスクリューに巻かれて千切れる魔物を見て、自分には向かないと思った。

おそらくだが、晴に防御《ぼうぎょ》に徹《てっ》しろと言ったとき、フェルナンドはすでにそのことに気付いていたのだと思う。落ち込む晴にもう一度、無理に戦わなくていいと言ってくれた。

だが、光魔法を混ぜておけば、魔物は触《ふ》れたところから消えるはずだ。周囲からは燃えて消えたように見えるから、問題はない。

と言っても、あまりに大きかったりすれば突破《とっぱ》されてしまうと思うのだが、そういった魔物のほうはフェルナンドが倒《たお》してくれる。晴のほうまで来るような魔物は、襲《おそ》ってきたときの数が多かった場合であり、その中でも小さい物がわずかに零《こぼ》れた程度なのだ。

フェルナンドの魔法は本当に強く、晴の作る炎の壁とは比べものにならない。今も、馬車を横転させた一番の原因だろうマンティコアを圧倒《あっとう》していた。

マンティコアはスフィンクスの翼《つばさ》をコウモリのものに、尻尾《しっぽ》をサソリのものに変えたような魔物なのだが、炎の壁を作る前の段階ですでに翼には穴がいくつも開けられて落下していた。

あれならば勝負はすぐに付くだろう。

そう考えている間にも、馬車の中にいる子どもたちは、一人はぐったりと青い顔で気を失っており、もう一人はひくひくとのどを引きつらせて見開いたままの目から涙《なみだ》を流し続けている。

あまりに憐《あわ》れな様子に、晴は下唇《したくちびる》を噛《か》んだ。あまりおおっぴらに使わないほうがいいと分かってはいるけれど……。

晴は馬車の中に入ると気を失った子の様子を見る。どうやら割れた窓のガラスが脇腹《わきばら》に刺《さ》ってしまったらしい。晴はガラスを引き抜《ぬ》くと脇腹に手をかざし、治れ治れと祈《いの》る。呪文《じゅもん》などはない。ただ頭の中で祈るだけだ。やがて脇腹の傷が塞《ふさ》がり、血が止まる。そして徐々《じょじょ》に顔色が戻っていく。

そして……。

「あ……」

気を失っていた少年の瞼《まぶた》が震え、ゆっくりと目が開く。

「兄上！」

泣いていたほうの少年が、掠《かす》れた声を張り上げて少年を呼ぶ。どうやら兄弟だったようだ。

「ハル、終わったぞ」

ちょうど外からそう声が掛《か》かり、晴は炎の壁を解除した。馬車から出ると、辺りにはマンティコアの死体が一つと、男性が三人座り込んでいる。男たちのほうはおそらくだが、この馬車の御者《ぎょしゃ》や護衛だろう。少年二人を馬車に残して、魔物の襲来《しゅうらい》に立ち向かっていたらしい。晴たちが見つけたときにはまだ戦っているところだったのだ。

炎の壁が解除されたことが分かると、三人の内体格のいい男二人が立ち上がり、駆《か》け寄ってきた。

「坊《ぼっ》ちゃん！　大丈夫ですか⁉」

男の一人が馬車の中を覗《のぞ》き込む。その間に晴はそっと馬車を離《はな》れ、いつの間にか馬を呼び戻《もど》していたフェルナンドの腕《うで》に攫《さら》われるようにして馬上の人となる。

馬車の中にははっきりと血痕《けっこん》が残っているし、弟のほうには傷を治すところを見られてしまった。何か訊《き》かれる前に、ここを去ったほうがいい。

晴はフェルナンドと共に、二人を呼び止める男たちの声を無視してその場から馬で走り去った。

「びっくりした……」

「まさか街道《かいどう》にマンティコアが出るとはな。随分物騒《ずいぶんぶっそう》になったものだ」

その言葉に頷きつつも、聖女に魔物《まもの》が寄ってくるという話を思い出してまさかと思う。いや、さすがに今回は違《ちが》うと思いたい。襲われたのは自分たちではなかったのだし……。

――――フェルナンドと旅を始めて三週間ほどが経過していた。

もう数日でイサーラ王国を抜けるというところまで来ている。だが、ここ最近魔物との遭遇《そうぐう》率は確実に上がり続けており、足止めを食《く》らうことも増えていた。

イサーラ王国もまた、ルディア教を国教とする国の一つであり、魔物に対する軍事的な備えがあまりされていないのだという。

「あの馬車は大丈夫かな」

「すぐにあの場を離れれば問題ないだろう。馬は生きていたし、街までもそう遠くはない。なんとかなるはずだ」

すっかり親しげになった口調で晴が問うと、フェルナンドは頷いてそう言った。そのことに、晴は安堵《あんど》する。

馬車が向かっていた方角は、晴たちが来たほうだったから、もう会うこともないだろう。

やがて、日が落ちるころになって、二人は街に着いた。本当はもう少し早く着く予定だったが、思わぬ戦闘《せんとう》に巻き込まれたため仕方がない。

街はそれなりに賑《にぎ》やかだったが、暗い顔をしているものたちも多い。

馬を預けられる宿を見つけると部屋を取り、二人は一緒《いっしょ》に出掛《でか》けることにした。最近になってようやく、晴は街に着いた途端《とたん》に宿屋のベッドに沈没《ちんぼつ》するようなことがなくなってきている。

今日は疲《つか》れていたけれど、風呂《ふろ》に入りたかったのもあって宿を出たのだった。このあたりの国は大抵《たいてい》の宿には風呂がなく、大衆浴場という銭湯のようなものがある。そちらを利用するのが、普通《ふつう》のようだった。

まずは風呂で旅の垢《あか》を落とし、それから適当な店で夕食を摂《と》ることにする。

店はそれなりに混《こ》んではいたが、地元の人間が多いようだった。宿も空《す》いていたし、街の外からの客は減っているのかもしれない。

街道にマンティコアが出るような状況では、仕方がないのだろうけれど……。

「今日の魔法はよくできていたな」

食事をしながらそう言われて、晴は照れ笑いを浮《う》かべる。

「——まぁ、先生がいいからだけど」

魔法を教えてくれるという言葉通り、あの翌日街を発《た》ってから、フェルナンドは機会があるたびに晴に魔法の使い方を指導してくれていた。

「あれなら簡単にはばれないだろう」

もちろん、光魔法のことだろう。

「……気付いた？」

「俺は、知っているからな」

そう言われて、まぁそうかと頷《うなず》きつつフォークを口に運ぶ。

「だがあれなら間違いなく安全だろう。俺も安心して戦える」

「ならよかった。最近、結構遭遇するから……」

晴の言葉に、フェルナンドが苦笑《くしょう》する。

「時期も時期だからな」

フェルナンドはそう言ってくれるけれど、晴としては自分が呼び寄せているのではないかとまた考えてしまう。

理由はもちろん、聖女に魔物が寄ってくる、という話だ。自分は聖女ではない、と思いたいけれど、浄化《じょうか》ができてしまっている以上、浄化魔法に魔物が引き寄せられるのだとしたら、と考えてしまうのは当然だろう。

「それもフォクレイスに入れば多少落ち着くだろう」

「うん、そうだといいな」

フォクレイス共和国はイサーラの隣国《りんごく》だ。ルディア教を信仰《しんこう》している国ではないため、魔物はきちんと人々の手によって退治されているという。

ただ、イサーラとフォクレイスの緩衝《かんしょう》地帯に当たる森林地帯はもともと魔物が多く棲《す》んでいるらしく、旅の難所になっているらしい。

海路を行く手もあるが、この時期は海が荒《あ》れやすいのだと、フェルナンドは言っていた。

そんなことを考えつつ、食事をしていたときだ。

「ったく、いつになったら始まるんだろうなぁ」

少し酒が入っているのか、ずいぶんと大きな声だった。ちらりと視線を向けると、赤ら顔の男たちがジョッキを片手に話し込んでいる。

「召喚《しょうかん》は成功したんだろう？」

『召喚』という言葉に、晴はびくりと肩《かた》を揺《ゆ》らした。

「お披露目《ひろめ》は――――」

「俺は見てねぇけど――――聞いたぜ」

店のざわめきでところどころ途切《とぎ》れてはいたけれど、おそらく彼らが話しているのは、聖女召喚の話だろう。

背中がひやりとするような心地《ここち》になって、晴はフォークを握《にぎ》る手に力を込める。

そうして耳をそばだてていると、どうやら聖女の巡礼《じゅんれい》は、未《いま》だに始まっていないらしいことが分かった。

「今までも、巡礼の開始が遅《おそ》い聖女様はいたけれどなぁ」

「ああ、ここのところ魔物の被害《ひがい》も多いし、早いとこ始めてほしいもんだぜ」

「うちにくるのはザガルディアの浄化が済んでからだろう？　一体いつになることか……」

不安と不満の混ざった言葉。

今までは、聖女に関する話題が聞こえてくることがあっても、ポジティブなものが多かった。

だが、三週間以上経《た》っても巡礼が始まらないことで、いよいよ不安が膨《ふく》らんできているのだろう。

――まさか、本当に咲茉には聖女の力がなかったのだろうか？

だとしたら、一体どうなるのか……。

「ハル、大丈夫《だいじょうぶ》か？」

「え……」

声をかけられて、晴はハッと顔を上げる。フェルナンドが心配そうに晴を見つめていた。

「ごめん、なんでもない。ちょっとぼーっとしてた」

ごまかし笑いを浮かべ、晴はいつの間にか止まっていた食事を再開する。こちらの世界の食

事は、問題なくおいしい。近くに大きな湖があるとかで、今日は久々の魚料理だった。

けれど、気持ちは一向に晴れない。

「魚は苦手か？」

「え？　そんなことない。っていうか、ずっと肉だったからむしろちょっと嬉《うれ》しいかな」

肉か魚かと言ったら肉派ではあるのだが、この世界に来てからずっと肉ばかり食べていたから、特においしく感じた。

「そうか……ならよかった」

「うん、ありがとう」

この金も出してくれているのはフェルナンドである。尤《もっと》も、最近は襲《おそ》ってきた魔物の素材をついでに街で売ったりしているため、晴が一円――いや、一ラーニも稼《かせ》いでいない、というわけではないのが救いである。

今日のマンティコアの素材は丸々置いてきてしまったから、ちょっともったいなかったなとは思うが、あの場で子どもの傷を放置するという選択肢《せんたくし》はどう考えてもなかったから仕方ない。

だが、あれほど強力な魔物が普通に街道に出るなんて……。

以前にマンティコアに遭《あ》ったのは、森の中だった。あのときも、フェルナンドは本来なら森の深部に出るような魔物だと言っていたのだ。

このまま、咲茉が巡礼を行わなかったらどうなるのだろう？

再びそんな思考に囚《とら》われて、晴はそっとため息を零《こぼ》した。

◆

マンティコアに遭遇《そうぐう》した翌日のことだ。

「なんかキラキラしてる……」

「どうした？」

耳元で話しかけられて、晴はほんの少し肩を揺らした。とっくに二人で馬に乗ることには慣れたというのに、これはまだ落ち着かない。

声がとどくように少しだけ振《ふ》り向いて声を張る。

「あの辺り、光って見えると思って」

「ああ、あれは湖だ。レテ湖といって、昨日食べた魚が捕《と》れた場所だ」

なるほど、あれは湖面が光を反射していたのか。

そう思ってから首を傾《かし》げる。

「湖に寄るの？」

そろそろ昼時だから、あそこで休憩《きゅうけい》するのだろうか。

「湖というか、街だな。レテ湖のある街は風光明媚《ふうこうめいび》な観光地として有名なんだ。国境に近い分、魔物《まもの》の襲来《しゅうらい》もあるが、この国にしては珍《めずら》しく傭兵《ようへい》も雇《やと》っているし、安全な街でもある。たまにはいいだろう？　捕れたての魚は美味《うま》いぞ」

そんなふうに言われれば、いやだとは言えない。というか、いやではない。旅の道程についてては相談されてはいるものの、晴はこの世界の地理に全く詳《くわ》しくないため、元からほとんど丸投げしている状態だ。

だからこそ、予定と違《ちが》うほうへ向かっていることに、今の今まで気付かなかったのである。

それに、きっと昨日魚がおいしいと言ったから、それならばと思って連れてきてくれたのだろうし……。

甘やかされているなぁと思いながら、晴は微笑《ほほえ》んで頷く。

二人を乗せた馬はほどなくして、レテ湖の街、リーベへとたどり着いた。

大きな門の脇《わき》に、防具を着け、剣《けん》を佩《は》いた二人の男が立っている。観光地だというし、魔物の襲来もあるという話だから出入りが厳重なのだろう。

そんなことを思いつつ門番の立つ門へと馬を進めると、そこに一人の男性が立っていた。

「やはりあなたでしたか」

男はフェルナンドを見ると、にっこりと微笑む。フェルナンドと同じくらいの長身で、長い髪《かみ》を一つに結《ゆ》っている。顔立ちは端整《たんせい》でやや中性的だ。見ると額に丸く光るケランがあった。

フェルナンド以外の竜人《りゅうじん》に初めて会った晴は、驚《おどろ》いて目を瞠《みは》る。けれど、あまり見ては失礼だろうとすぐに視線を逸《そ》らした。

「久しいな」

フェルナンドがそう言って馬を下り、晴に手を差し伸《の》べる。晴はいつも通りその手を取って馬を下りた。

「おやおや、ついに見つけられたのですね？」

男が少し期待の籠《こ》もった声を出した。フェルナンドが苦笑《くしょう》する。

「今必死に口説いているところだ。邪魔《じゃま》をするなよ？」

「もちろん、そんなつもりはございません。ただ、知った気配でしたので、ご挨拶《あいさつ》をと思ったまでです」

会話をしながら進んでいく二人を門番が止める様子はない。通過しても問題ないらしい。

そんなことよりも、二人の関係が気になる。友人と言うには、相手の言葉が硬《かた》い気がするけれど……。

「お邪魔してはなんですから、わたしはこれで。楽しんで行かれてください。――フェルナンド様をどうぞよろしくお願いいたします」

最後の言葉だけ晴に向けて言うと、男は足を止めて深々と一度頭を下げた。

「ああ、番《つがい》によろしくな」

フェルナンドはそれだけ言うと、男を置いたまま変わらぬ速度で歩いて行く。もちろん、晴も一緒《いっしょ》だ。

「……知り合い？」

「ああ。竜人にしては珍しく、この街に住んでいるんだ。番がここの生まれで、街を出たくないと言ったらしくてな」

「へぇ……」

本当に、竜人というのは番を大事にするんだなぁと思う。あの人の番と言ったら、どんな人なのだろうと考えてから、ふと思い出す。

「そう言えば、竜人同士ってお互《たが》いの気配が分かるの？」

門のところでそんなことを言っていたと思って訊《き》いてみると、フェルナンドは一瞬《いっしゅん》返答に詰《つ》まったのち、ゆっくりと頭《かぶり》を振った。

「――いや、俺は竜人の中でも魔力が大きいからな。相手からすれば分かりやすいんだろう」

そういうものなのか、と頷《うなず》いているとフェルナンドが足を止めた。そこは湖の畔《ほとり》に建つ、大きな宿の前だった。食堂も兼《か》ねている店なのだろうか。

「前にもここに泊《と》まったことがあるんだが、食事と景色が絶品でな」

「そうなんだ」

どうやら期待してよさそうだ、などと考えていたのだが……。

「部屋はあるか？」

フェルナンドが戸口からそう声をかけたことに、晴は驚いた。だが、晴が疑問を口にするより先に、カウンターにいた女性が顔を上げる。

「まぁ、竜人様！　よくいらしてくださいました。ええ、ええ、ございますよ。一番いいお部屋が空いております」

女性は、にこにこと笑って言った。

「そうか。なら一晩頼《たの》もう。馬を預けたいんだが」

「ちょっとお待ちくださいね」

女性がカウンターを出て別のドアに入っていく。その隙《すき》に、晴はフェルナンドに向かって声をかけた。

「昼ご飯を食べに来たんじゃなかったのか？」

「それもそうだが、この季節は夜になると特別な漁があるんだ。船に明かりを点《つ》けて光に寄る魚を捕る。それが大層美味な上に、漁の様子も美しいらしくてな。前に来たときは季節が合わず、食べられなかったんだ」

「それで泊まろうって？」

「そういうことだ」

にこにこと楽しそうに言われて、晴は苦笑を零《こぼ》す。けれど、反対する理由はなかった。

「フェルがそうしたいならいいけど」

「ああ、付き合ってくれ」

話しているうちに、女性が一人の男を連れて戻《もど》ってきた。

従業員なのだろうか、若い男だ。晴はその男の頭に、三角の耳がついているのを見て大きく目を見開く。

「りゅ、竜人様……！」

だが、実際に驚いた声を上げたのは男のほうだった。

「こら、大きな声を出すんじゃないの。失礼でしょ」

女性は困ったように苦笑して男を叱《しか》ると、馬の世話を言いつけた。ぺこぺことフェルナンドに頭を下げて外に出てきた男に馬を預けて宿に入る。

「いつもならこの時期は満室なんですけどねぇ」

「何かあったんですか？」

ため息交じりの言葉に思わずそう訊くと、彼女は苦笑する。

「ほら、街道《かいどう》が少し物騒《ぶっそう》だっていうんで、街への客足自体が減ってしまって……って、お客様に言うことじゃなかったですね。申し訳ありません。それでも街の中は安全ですから、なかなか賑《にぎ》やかなもんですよ」

女性はそう言いながら、先に立って階段を上り、部屋へと案内してくれた。

広い部屋で、寝台《しんだい》は二つ。テーブルと椅子《いす》の他《ほか》にソファのセットもあり、湖の側にガラスでできた窓があった。どうやらそこからベランダに出られるようだ。

湖を見るには最高の部屋だろう。

フェルナンドが前にもここに泊まっていたことを考えると、どうやらこれまでの旅ではあまりフェルナンドに金を使わせたがらない自分に気を遣《つか》って、逆にグレードを落としてくれていたのだと分かる。

悪かったかなと思うけれど、だからと言ってもっといい宿に泊まってもいいよ、と言うのもおかしな話だ。

女性が出て行くと、フェルナンドは窓を開け、晴を手招いた。

「ほら、見てみろ。いい景色だ」

言われてそのままベランダへと足を運ぶ。

「すごいな……」

もし晴が海を見たことがなかったら、これを海だと思ってしまったかもしれない。それほどに大きな湖だった。

天気がいいせいもあって、木々の緑が美しく、湖面は太陽光を反射してキラキラと光っている。湖岸にはたくさんの小舟《こぶね》が停泊《ていはく》していた。あれが夜には漁に出るのだろうか。

ベランダには椅子とテーブルがあり、ここで食事もできるようだった。

「夕食は宿で用意してくれる。ここの飯は美味いから、期待していいぞ。昼は屋台でも見に行こうと思っているんだが、どうだ？」

「うん、いいと思う」

なんだか本当にリゾート地に遊びに来たかのようだ。思わず微笑むと、フェルナンドが嬉《うれ》しそうな顔になる。その顔を見たら、フェルナンドが突然《とつぜん》予定を変更《へんこう》してこの街へやってきた理由が、分かった気がした。

二人が揃《そろ》って部屋を出ると、先ほど馬を預かってくれた男とすれ違《ちが》う。男はフェルナンドを見るとその場に跪《ひざまず》く勢いで頭を下げた。フェルナンドは特に気にする様子もなく通り過ぎたけれど……。

「今の人って、獣人《じゅうじん》族だよね？」

「うん？　ああ、そうだな。この辺りはもうフォクレイスに近いから、獣人への差別も少ないんだろう。傭兵《ようへい》として雇《やと》われている者の中には獣人もいるはずだ」

「そっか……」

そういえば、珍《めずら》しく安全のために傭兵を雇っていると言っていたな、と思う。

前にフェルナンドに聞いた話だが、ルディア教の総本山であるザガルディア王国では、貴族や王族のほうが魔力《まりょく》が高いことから、魔力の低い者、持たない者を蔑視《べっし》する傾向《けいこう》があり、もともとそのほとんどが魔力を持たない獣人族は国民になれないのだという。

その影響《えいきょう》から、ルディア教を国教とする国では、ザガルディア国内ほどではなくとも、獣人に対する差別が横行している。

　以前、獣人を見たことがないとフェルナンドに言ったときに、そう説明された。

「フォクレイスはもともといくつかの国が合併《がっぺい》してできた国だ。その中には獣人の国もあった。だから、獣人も当たり前のように生活しているし、身体能力の高さから兵士や傭兵として活躍《かつやく》し、議員として席を持つ者もいる」

「そうなのか」

　獣人の立場が守られている国もちゃんとあるのだと思うと、なんとなくほっとする。別に肩《かた》入《い》れしているつもりはないけれど。

「あ、あと少し気になったんだけど」

「なんだ？」

「あの獣人の人は知り合いなの？」

「いや？　初めて会ったと思うぞ。前に来たときにいたかどうかまでは覚えてないが……」

「そうなんだ」

　だとすると……。

「獣人と竜人《りゅうじん》族ってなんかこう、特別な関係があるの？」

　初めて会う相手とは思えない態度だったけれど、確かあの男は『竜人様』と言っていた。その直前に受付にいた女性も同じように呼びかけていたので、あのときは何も思わなかったけれど、フェルナンド個人ではなく、竜人族への畏敬《いけい》だったとも取れなくはない。

「特別な関係？」

「うーん、主従関係とまでは言わないけど、なんかそういう感じの」

晴がそう言うと、フェルナンドは苦笑《くしょう》を零す。

「獣人族には、様々な種族がある。例えば先ほどの男はおそらく猫《ねこ》系だろう。上位の虎《とら》族の系統とされる。同じように犬は狼《おおかみ》の一族だ」

分かるか、というように視線を向けられて、晴は頷《うなず》く。

「竜人族は自分たちを竜人族、という括《くく》りでしか見ない。だが、獣人たちは獣人族の上位として竜人族がいると考えている」

「竜人族が認めてないのに？」

「認めはしないが否定もしないといったところだな。そう思いたいならそう思っていても構わないが、こちらとしてはそれを根拠《こんきょ》に獣人を優遇《ゆうぐう》することはない。もちろん人族とは同等と見ている」

フェルナンドの説明に、晴はなるほどと頷く。

獣人族を差別しているザガルディア国内においても、フェルナンドがその対象になっているように見えることは一度もなかった。

むしろ優遇されているような、フェルナンドと一緒《いっしょ》にいる自分にまで優遇措置《そち》がとられているように感じる瞬間《しゅんかん》があったほどだ。

人族全体かは分からないが、ザガルディアがそうだった以上、このイサーラ王国のようにルディア教を国教とする国は竜人に対して好意的なのだろう。

そして、獣人族が交ざっているというフォクレイス共和国においても、おそらく悪い状況《じょうきょう》には置かれていない。

何というか、自分よりよほど、竜人族のほうがチートなのではないかと思う。

そんな話をしながら、屋台を冷やかす。宿の女性は客が少ないようなことを言っていたけれど、通りは十分賑わっていた。人々の顔も明るい。それは、傭兵が守ってくれているという安心感から来ているのかもしれない。

「ハル」

名前を呼ばれて、肩を抱《だ》き寄せられた。驚《おどろ》いて目を瞠《みは》ったけれど、脇《わき》を子どもが走り抜《ぬ》けていくのを見て、どうやらぶつからないように庇《かば》ってくれたのだと気付く。

「あ、ありがと」

礼を言うと、フェルナンドが嬉しそうに笑う。

「歩きにくい」

そのまま肩を抱いて歩こうとしたので、軽く睨《にら》むと今度は手を取られた。

「これならいいだろう？　はぐれないためにも」

少し淋《さび》しそうな顔をするところが、ずるいと思う。けれど……。

「――はぐれないためだから」

晴はそう言うと、仕方なく頷いた。

フェルナンドは晴を、とてもとても大切にしてくれている。けれど、晴が拒否《きょひ》すれば決して踏《ふ》み込まない。

まだ出会って三週間ほどとは言え、他《ほか》に頼《たよ》る相手もいない状況でこんなに大切にされて、情を抱《いだ》くなというほうが無理だ。

この街に来たのだって、晴のためだろう。

昨日、聖女の話を聞いてから、つい気もそぞろになってしまっていた自分に気分転換《てんかん》をさせようと思ってくれているのだ。

そんなやさしさを、嬉しく思わないはずがない。

「ハル、魚の串揚《くしあ》げがあるぞ」

「あ、いいね」

フェルナンドの言葉に頷く。夜も魚だろうけれど、せっかくなのだからこの街では魚三昧《ざんまい》でもいいだろう。

魚は小ぶりの白身魚を開いて揚げたもので、塩だけのシンプルな味付けにもかかわらずとてもおいしかった。

そのあとも、貝を焼いたものや魚とは全く関係ないだろうに魚の形の甘味なども食べて、ぶらぶらと街を歩きながら店を冷やかし、湖の近くまで行く。

漁が始まる前までなら、ボートで湖に出ることもできると聞いて、ボートにも乗ってみた。

ボートはオールで漕《こ》ぐのではなくて、水魔法で動かせると知って驚いたけれどとても楽しくて……。

「フェル、ありがとう」

そろそろ引き揚げようと岸に向かうボートの中で、晴がそう言うと、フェルナンドは軽く目を瞠った。

「どうした、急に」

「すごく楽しかったから」

「……それならよかった」

そう言ったフェルナンドは本当に嬉《うれ》しそうで、晴の胸はチクリと痛む。

正直こんなときは、どうしてフェルナンドの気持ちを受け入れられないのか、受け入れてしまってもいいのではないか、と思ったりもする。

だが、自分の事情を何一つ話せないのに、番《つがい》になる――結婚《けっこん》するなんてさすがにできない。フェルナンドは気にしないというかもしれないけれど……。

それに、本当のことを言えば、自分がこの世界に根を下ろして暮らしていくことに対して、晴はまだ覚悟《かくご》が決まらなかった。

ここに来た直前の事故を思えば、自分はすでに死んでいるのではないかと思うし、帰るすべもないと聞いている。だが、ここで生きていくことが避《さ》けられない事実だとしても、気持ちの上で納得《なっとく》し切れていないというか、地に足が着かないような気持ちがあるのだ。

ここまでの道のりがあまりに怒濤《どとう》だったから、もっと長いような気がするが、まだこの世界に来て一ヶ月も経《た》っていない。

その上、ずっと移動しているため、本当の意味での『生活』をしているという感覚がないのだ。

エレンタニアでの暮らしが始まれば、このような気持ちも薄《うす》れるかもしれない。

――フェルナンドの気持ちには応《こた》えられない。けれど、もしいつか、応えられたらいいのに……。

だが、例の誓約《せいやく》がある限り、自分のことが話せないということに変わりはない。

誓約を解く方法が、あればいいのだけれど……。

「疲《つか》れたか？」

ボートを返す手続きをしているフェルナンドを見ながらそんなことを考えていた晴は、フェルナンドに声をかけられてハッと我《われ》に返った。

「え？」

いつの間にか手続きは終わっていたらしい。

「あ、ええと、ちょっとはしゃぎすぎたかも」

せっかく気分転換に連れてきてくれたのに、また考え込んでしまっていたことをごまかそうと晴はそう言って笑った。

「……ほら、ここに座って」

「えっ、え？」

湖を眺《なが》められるようにだろうか、木陰《こかげ》にいくつか設置されているベンチに座らされて、晴はぱちぱちと瞬《しばたた》く。

「少し待っていろ」

フェルナンドはそう言って屋台のほうへと向かっていく。そうして並んだ列は、ドリンクの店のものだ。どうやら、晴が疲れたのだと思って、飲み物を買ってきてくれるらしい。

本当に、至《いた》れり尽《つ》くせりと言っていい扱《あつか》いに、困ってしまう。……嬉しくて。

ほんのりと頬《ほお》が熱くなるのを感じて、晴は視線を湖のほうへと向ける。

湖にはボートで遊ぶ子どもや若者だけでなく、漁師らしき男たちの姿もあり、随分《ずいぶん》と賑《にぎ》わっている。それを見ながら、晴は小さくため息を吐《つ》いた。

やさしくされて、嬉しくて困るなんて、なんて贅沢《ぜいたく》なのだろうと思う。そして、そのたびにぐらぐらと心が揺《ゆ》れて、フェルナンドのほうへと倒《たお》れそうになる。自分は思いのほかチョロい男なのかもしれない……。

そう、また一つため息を零《こぼ》したときだった。

「──────眠《ねむ》れ」

短い、ただそれだけの言葉。

だがそれを聞いたと思った次の瞬間には、晴の意識はまるで何か鋭《するど》い刃物《はもの》で刈《か》り取られたかのように、ぶつりと途切《とぎ》れていた……。

◆

ガタガタと体が揺れている。

晴は一瞬《いっしゅん》、自分は大学に向かう学バスの中にいるのだと思った。なんとなく、座席の硬《かた》さが似ていたのだ。だが、何かに乗り上げたのか、一度大きく車輪が跳《は》ねたことでハッとして目を開いた。

最初に目に入ったのは、誰《だれ》かのつま先だ。そのまま目線を上げると、座っていたのは見たことのない人物だった。

だが、晴は反射的に眉《まゆ》を顰《ひそ》める。人物こそ見覚えがなかったが、身につけていた服が、ここに来たばかりのときに咲茉を取り囲んでいた一部の人間が来ていたものと似ているように思えたからだ。もちろん、細部など覚えていないから、やたら白くて宗教関係者のような服だったという程度の記憶《きおく》で、本当に同じかは分からないけれど……。

「お目覚めですか？」

問いかけられて晴はぼんやりと視線を彷徨《さまよ》わせる。正直、状況《じょうきょう》が理解できなかった。

確か自分はリーベにいて、ボートに乗って……いや、そうだ、フェルナンドが飲み物を買いに行っている間、ベンチで待っていたのだ。

そしたら急に意識が途切れて……。

相変わらず揺れは続いている。どうやら馬車の中のようだ。はっきりと分からないのは、こういった形の馬車に乗ったことがないためだった。

座席は三人ほどかけられそうなものが向かい合わせになっていて、ドアは鉄らしき金属でできており、男の背後にある小さな窓にも鉄格子《てつごうし》のようなものが嵌《は》まっていた。まるで移動する檻《おり》のようだ。

「ここは……？」

「このような乗り物でお連れすることになって、申し訳ございません。現在聖女様は魔法《まほう》を封《ふう》じられた状態にありますので、万が一のことがないようにと対策させていただきました」

ぽつりと零れた言葉に、前に座っていた男がそう口にした。

妙《みょう》に柔《やわ》らかく、丁寧《ていねい》な口調だが、違和感《いわかん》しかない。

というか——聖女？

今、この男は自分を聖女と呼ばなかったか？

怪訝《けげん》に思い視線を上げると、男が微笑《ほほえ》む。

「どうか暴れたりはなさらないでください。聖女様を害することは決してありません」

「……俺は、聖女なんかじゃありません。そもそも男に聖女っておかしいでしょう」

「申し訳ございません。これまで男性が女神《めがみ》様の力の代行者として降臨なさったことがないものですから、他《ほか》の呼び方がないのです。お気に召《め》さないということでしたら、戻《もど》り次第《しだい》別のものを考えるよう議題にかけますので、ご容赦《ようしゃ》ください」

男の言葉を聞きながら、晴の背中にはぞわぞわと悪寒《おかん》のようなものが這《は》い上っていた。おそらくもう、間違《まちが》いない。

「――戻るって、どこにですか……？」

「もちろん、ザガルディアの王宮でございます」

悪びれることなく吐き出されたその言葉に、晴は顔を顰《しか》める。

「ああ、申し遅《おく》れました。私はルディア教の神官をしております、タリスと申します。王宮に到着《とうちゃく》するまで、聖女様の身辺を整えさせていただきます」

神官、ということは、宗教関係者のような服だと思ったのは、間違いではなかったらしい。

おそらく、自分はあの場から誘拐《ゆうかい》されたのだろう。

「……俺は、あんな場所に戻る気はありません。そもそもそっちが追い出したんでしょう？」

睨《にら》みつけた晴に、タリスは困ったように眉を下げる。

「重大な手違いがあり、大変申し訳ございませんでした。聖女様に誓約を強《し》いた男はすでに罪に問われ、奴隷《どれい》へと身分を落とされております。どうかお心をお鎮《しず》めください」

「は……？」

罪に問われて奴隷に？　命じたのは、第二王子――サーシェスとか言っただろうか？

あの青年だったと思うのだが……。いや、そんなことはどうでもいい。

「俺にはどうでもいいことです。とにかく、なんであれ、俺はザガルディアに戻る気はありませんから、さっさと馬車を止めてください」

「申し訳ございませんが、それはできかねます。我々《われわれ》には聖女様が必要なのです。陛下もお待ちになっていますので……」

「陛下って……」

そんなことを言われても、自分には国王を敬う気持ちなど微塵《みじん》もない。それどころか恨《うら》んでいるくらいだ。そもそも、一度は追い出しておいて今更《いまさら》なんだとしか思えなかった。

だが、それを言ったところでタリスが引くとは思えない。彼だって、上からの命令で動いているのだろうし……。

晴は対話をしても無駄《むだ》だと、口を噤《つぐ》んだ。俯《うつむ》こうとして、首に違和感を覚える。

「……？」

指で触《ふ》れると、何かチョーカーのようなものが首に巻かれていた。幅《はば》は一センチほどだろうか。厚さはあまりないが、感触《かんしょく》は革《かわ》に似ている。チョーカーのようだと思ったが、首輪のほうが近いかもしれない。

「そのようなものをつけていただいて申し訳ございません。ですが、魔法を封じるための措置《そち》ですので」

申し訳ないと言いながら全く悪びれた様子はない。というか、謝るならするなとしか思えない。

晴は本当に魔法が使えないのかと、そっと指先を見つめる。火が灯《とも》るように念じてみたが、何も起こらない。

タリスが言ったことは、嘘《うそ》ではなかったらしい。

ザガルディアに連れて行かれる前に、どうにかして逃《に》げ出さなければと思うけれど、魔法が使えない以上、走っている馬車から強引《ごういん》に降りることはできない。

もちろん、馬車の造りからして、停《と》まっていたところで内側から自由に開け閉めができるようにも思えないが……。

こんなことになるのではないかと、ザガルディアにいるときはずっと恐《おそ》れていた。けれど、国を出てしまえば安心だと思っていたのだ。その考えが甘かったのだということを思い知らされて、晴はぐっと唇《くちびる》を噛《か》む。

今更『聖女』だなどと言われても、晴はザガルディアになど行く気は全くない。

それならばどうにかして、逃げ出すしかない。

ここがどの辺りかは分からないが、窓からわずかに見える空は、オレンジ色をしている。空腹の度合いや体調からして、攫《さら》われてから丸一日以上が経《た》っているということはないだろうし、完全に日が沈《しず》む前だというなら、あれからまだたいして時間は経っていないはずだ。

馬車での移動は馬よりも時間が掛《か》かるのだから、ザガルディアに着くまではまだかなり時間がある。できることならば、国境を越《こ》える前に逃げ出したいが……。

魔法が使えない、というのが痛い。晴は全くもって暴力的なことに向いていない。馬車の中にいるのは、タリスだけだが、ザガルディアの人間だというならば魔法を使うだろうし、馬車を動かしている御者《ぎょしゃ》もいる。もちろん、ほかにも仲間がいる可能性は高い。フェルナンドは離《はな》れた場所にいたとは言え、それほど距離《きょり》があったわけではなかった。タリスと御者の二人だけで、フェルナンドの目を盗《ぬす》んで晴を運ぶのは難しいだろう。

――フェル……。

つい先ほどまでにいた男のことを思う。きっと今頃《いまごろ》心配しているだろう。すでに捜《さが》してくれているかもしれない。

そう考えてから、晴はハッとして自分の首元に再び触れる。フェルナンドには晴の居場所が分かるはずなのだし……。

これは『魔力』を封じるためのものだと男は言った。『魔法』ではなく『魔力』と。

それはつまり、晴の体から漏《も》れる魔力すら、封じ込めてしまうということなのだろうか？

だとしたら、魔力の匂《にお》いとやらも、しなくなっているのでは……？

そう考えてから、晴はぎゅっと手のひらを握《にぎ》りしめた。

フェルナンドが助けてくれるだろう、と自分が無意識に考えていたことに気がついたためだ。

フェルナンドが助けようとするとして、自分がそれに頼《たよ》っていいわけではない。自分はフェルナンドの求婚《きゅうこん》を断った立場であり、フェルナンドは晴の状況を何一つ知らないのだ。

それなのに頼ろうとするなんて、本当に図々《ずうずう》しい……。

そう晴が思ったときだ。

「く……っ」

突然《とつぜん》、馬車の揺《ゆ》れが激しくなり、晴は背もたれに体をぶつけた。タリスが慌《あわ》てたように馬車の手すりに摑《つか》まるのを見て、晴も慌てて別の手すりに手を伸《の》ばした。

その間にタリスは車体の前方向、タリスにとっては背後にあった窓を叩《たた》いた。

「どうしたのです⁉」

「ド、ドラゴンが！　ドラゴンが出ました！」

「ドラゴン……⁉」

おそらく御者らしき男の声に、タリスが驚《おどろ》きの声を上げる。

「ばかな、魔力はすでに――」

タリスの言葉に被《かぶ》って、いくつもの悲鳴が聞こえた。外にいるのは御者だけではなかったらしい。馬車の揺れは激しくなり、だが唐突《とうとつ》に何かにぶつかるような衝撃《しょうげき》と共に止まる。

扉《とびら》の外でガチャンと重々しい音がした。続いて、ギィギィと軋《きし》んだ音を立てて、ドアが開いていく。

「ハル……」

「……フェ、ル？」

ドアを開けたのはフェルナンドだった。

ドラゴンと聞いたとき、まさかとは思った。けれど、本当にフェルナンドが来てくれたなんて……。ひょっとして、竜人《りゅうじん》はドラゴンを使役《しえき》することができるのだろうか？

分からない。けれど……。

「フェル……！」

晴は迷わず腰《こし》を浮《う》かせると、フェルナンドの首にしがみつくように抱《だ》きしめた。

自分が酷《ひど》く安堵《あんど》していることに気付く。泣きたいような気分だった。

フェルナンドを頼ってはだめだと思ったのに、当然のことのように助け出されて、どうしていいのか分からない。

自分でどうにかしなければ、と思ったばかりだったのに……。

それでも、嬉《うれ》しいと思う気持ちを止めることはできなかった。

けれど……。

「ハル、君が自分の意思でこの者たちと来たわけじゃないと思っていいんだな？」

「は……？」

一瞬《いっしゅん》何を問われたか分からなかったけれど、少し体を離してフェルナンドを見ると、どこか迷いを含《ふく》んだ瞳《ひとみ》とぶつかる。

「何言って……そんなの当たり前だろ」

晴は慌てて否定する。まさかフェルナンドがそんなことを考えているとは思わなかった。だが、晴の返答を聞いて、フェルナンドがほっとしたように笑うのを見たら、なんとも言えないような気持ちになった。

自分が、そう思われても仕方がないようなことを、この人にしてきたのだと、そう考えたら酷く胸が痛くて、申し訳なさと自分に対する嫌悪感《けんおかん》でいっぱいになる。

けれどそのことについて口を開くより前に、フェルナンドが晴を強く抱きしめた。

「よかった。——ならば遠慮《えんりょ》する必要はなかったな」

抱き上げられて、晴はふわりと体が浮いたことに慌てたけれど、そのまま素直《すなお》にしがみついた。フェルナンドがそっと晴を地面に下ろしてくれる。

「お、お待ちください……！　どうかお戻《もど》りください！」

馬車から降ろされた晴に、背後から声が掛かる。そのときになってようやく晴はタリスの存在を思い出した。

けれど……。

「黙《だま》れ。ハルの意思を確認《かくにん》する前だったから殺さずにおいたが……今からでも始末してやろうか」

晴が何かを言うよりも前に、フェルナンドが聞いたことがないほど低く、底冷えがするような冷たい声でそう言った。

「ひっ……」

タリスが引きつったような声を上げる。

「このような無粋《ぶすい》な枷《かせ》をつけたことも、許せんな」

言葉と同時に、晴の首に着けられた魔力封《まりょくふう》じのチョーカーが床《ゆか》へと落ちた。おそらく風魔法で切ったのだろう。タリスが信じられないものを見たというように目を見開く。

「二度と俺とハルの前に顔を見せるな。そのときは、命が惜《お》しくないのだと判断する」

そう言うと、馬車の扉を閉めた。見れば扉には外に閂《かんぬき》がついていて、この馬車は本当に檻《おり》だったのだなと重苦しい気分になる。

だが、それを振《ふ》り切るように晴は小さく頭《かぶり》を振ると、辺りを見回した。

「どうした？」

「ドラゴンがいるって、聞いたんだけど……」

辺りには何人もの男たちが倒《たお》れ込んでおり、少し離れた場所に馬の姿もあった。御者が馬車の脇《わき》で震《ふる》えながら跪《ひざまず》いている姿も目に入る。けれど、馬車を止めたはずのドラゴンの姿はどこにもなかった。

「ああ、それは俺のことだろう」

「……………俺？」

晴はぽかんとしてぱちぱちと瞬《しばたた》く。

「竜人はドラゴンに転身できると知らなかったのか？」

「しっ……知らなかった、わけじゃないんだけど、その……なったとこ見たことなかったから……本当になると思わなかったって言うか……」

本当は知らなかったのだが、知っているのが普《ふ》通《つう》のことのようだったので慌ててそう口にする。

フェルナンドは晴の言葉に小さく笑って、馬車の近くにいた馬の手《た》綱《づな》を手に取ると晴を乗せ、当然のようにうしろに乗り込んできた。

「フェル？　この馬って……」

「転身して追ってきてしまったからな、とりあえずこの場を離れよう」

いいのかな、と思ったけれど、自分を誘拐《ゆうかい》しようとした相手の馬である。これくらいいいだろうと開き直ることにした。

だが、いつも通り馬の背に揺られ、いつも通りフェルナンドの体温を背中に感じながら、晴は安堵と同時に、どうしようもない後味の悪さがじわじわと胸に広がっていくのを感じて俯《うつむ》く。

――どうかお戻りください！

悲壮《ひそう》とも言っていいほどに、必死な叫《さけ》びに聞こえた。

そんなものに絆《ほだ》される気はなかったし、今からでもザガルディアで聖女として働くべきだとは思えない。

けれど、苦しい。

どうして、自分がこんな思いをしなければならないのだろうと思ってしまう。

自分は悪いことなどしていないし、積極的に誰《だれ》かを傷つけたいと思っているわけでもない。ザガルディア王国を憎《にく》んでないとも恨《うら》んでないとも言わないが、滅《ほろ》ぼしたいと思っているわけではない。ただ自分が奉仕《ほうし》せねばならない対象だと思えないだけ、関《かか》わりたくないだけなのだ。

命に関わる誓約《せいやく》をさせ、生きるすべも与《あた》えずに追い出しておいて、必要となったら魔力を封じて拐《かどわ》かす。そんな相手に、協力しようと思えるはずがない。

なのに、縋《すが》られれば自分が酷いことをしているような気持ちになる。それが苦しい。そして自分の苦しみにばかり目を向けているような気がして、自己嫌悪に陥《おちい》る。

晴の様子がおかしいことに気付いたらしいフェルナンドが、徐々《じょじょ》に馬の速度を落としていった。

「どうした？　……やはり、本当はあいつらと行きたかったのか？」

そう問われて、晴は迷わず頭を振る。

「それだけはない」

「なら、何か酷いことをされたのか？」

「酷いこと……」

誘拐自体が酷いと言えば酷いが、攫《さら》われて以降、意識があったのはほんの短い時間だったため、危機的状況《じょうきょう》に置かれたことに対するショックはそれほどではなかったと思う。

酷いことをされた、というならばそれは今ではなく、この世界に来たばかりのことだ。だが、それをフェルナンドに話すことはできない。

だが、できるだけのことをフェルナンドに話したいという気持ちは、これまで以上に大きくなっていた。

フェルナンドが、晴が自らフェルナンドの下《もと》を離《はな》れたのではないかと考えていたことを思うと……。

「なぁ、ハル」

「……何？」

「一度は訊《き》かないと言ったのに情けないが……どうしても事情は話せないか？」

「フェル……」

咄嗟《とっさ》に体を捻《ひね》るようにして振り返ると、フェルナンドは困ったように苦笑《くしょう》する。

「話せることだけで構わない。……君が辛《つら》そうだと、自分のことのように辛い」

フェルナンドにそう言われたことで、晴の心は決まった。どこまで話せるかは分からない。けれど、せめて自分の気持ちだけでも、伝えたいと思ったのだ。

それでフェルナンドが晴を不審《ふしん》に思うなら、仕方がないと思う。ただ、今となってはフェルナンドの気持ちは少しも迷惑《めいわく》などではなく、答えられないのは自分の都合なのだと教えておきたかった。

「街に着いたら、俺の話を聞いてくれる？」

晴がそう言うと、フェルナンドは嬉《うれ》しそうに頷《うなず》く。そして、再び馬の速度を上げたのだった。

日はとっくに落ちてしまったものの、夜に行われるという特別な漁のためだろう、二人がリーベに着いたとき、街の中はまだ人の姿があった。

二人はまっすぐ宿へと向かう。宿の女性に遅《おそ》くなったことを謝罪すると、予定していた食事とはいかないが、簡単なものなら出せると言ってくれたため、素直にお願いすることにした。

フェルナンドは宿に着いたらすぐに話を聞きたがるかと思ったけれど、まずは少し休んだほうがいいと風呂《ふろ》を勧《すす》めてくれる。それで知ったのだが、この宿には風呂があった。晴は食事の支度《したく》が済むまで、少しだけ風呂を使わせてもらうことにする。

突然《とつぜん》意識を失って馬車に運び込まれ、ついでに首におかしなチョーカーを着けられたりもしていたのだ。服にも体にも違和感《いわかん》はないとはいえ、どのような方法で運ばれたかも分からない。汚《よご》れを落とせるのは有り難《がた》かった。――心の準備ができる時間が持てたことも。

部屋に戻《もど》ると、すぐに食事が運ばれてきた。

果実酒と、何品かの魚料理、温かいパンが並べられる。

「とりあえず食べるか」

「うん」

せっかくの料理だ。冷めてしまってはもったいない。晴はフォークを手に取ると、並べられた皿へと伸《の》ばした。

「この透明《とうめい》なのも、魚だよな？」

「ああ、白銀魚という。今夜の漁で捕《と》れたものだろう。新鮮《しんせん》なものは生のままで食べることもできる」

なるほど、これが夜の特殊《とくしゅ》な漁で捕れるという魚なのだろう。生で食べられるということは、実はあの湖は淡水《たんすい》ではなかったのだろうか？　淡水魚は生では食べられないと聞いたことがあった気がしたけれど……。いや、ここは異世界だし、白銀魚など聞いたこともない魚だ。淡水魚でも大丈夫《だいじょうぶ》なのかもしれない。

「抵抗《ていこう》があるなら残して構わないと思うぞ」

「あ、ううん。全然大丈夫」

ここに来てから刺身《さしみ》を食べるのは初めてだけれど、問題なく食されているものだというなら抵抗などもちろんない。口に入れれば臭《くさ》みは全くなく、ほんのりと甘みを感じた。塩と香辛料《こうしんりょう》、柑橘類《かんきつるい》らしきさっぱりとした酸味のドレッシングと相まってなんとも上品な味だ。

「おいしい……」

「よかった」

フェルナンドは嬉しそうに微笑《ほほえ》むと、自分もサラダにフォークを刺《さ》し、口へと運ぶ。

そうして、いつもと同じように食事を終えると、フェルナンドは食器を返すついでにと食後のお茶を頼《たの》んでくれた。

もう遅い時間だからだろう、蜂蜜《はちみつ》の添《そ》えられたそれはいわゆるハーブティーのようだ。

ソファに移動して、フェルナンドは晴を隣《となり》に座らせた。正直顔を見て話すよりも、このほうが話しやすい気がしてほっとする。

「上手《うま》く、話せないかもしれないけど……」

「構わない」

フェルナンドが頷いてくれたのを見て、晴は迷いながら口を開いた。

「最初に言っときたいのは、俺が自分のことを話さないのは、フェルに話したくないからじゃないってこと」

誓約に反しない範囲《はんい》で話さなければならないから、それが誓約のせいだとは言えない。

「フェルを信用してないからでも、もちろんないから。ただ……」

話せない、という言葉を晴は呑《の》み込んで小さく頭を振《ふ》る。それは誓約の内容の一つであると思ったからだ。

「……俺は、ザガルディアの人間じゃない」

これは問題なく口にできた。『この世界の人間ではない』とは言えないことは分かっている。

「さっきの男たちは、ルディア教の神官で、俺をザガルディア王国の王宮に連れて行くのが目的だったみたい。でも、俺自身は王家とは何の関係もないし、行きたくなかったから、フェルが助けに来てくれて、本当に嬉しかった」

晴がそう言ってフェルナンドに視線を向けると、嬉しそうに笑って頷いてくれた。

「ええと……他《ほか》はなんだろ？　話を聞いてほしいって言ったけど、何を話せばいいのか分かんないな……」

聖女召喚《しょうかん》に巻き込まれて異世界から来たことは言えない。いや、巻き込まれたのは咲茉のほうだったのだろうか？　よく、分からない。だがなんにせよ、聖女関連は誓約に触《ふ》れる。

「なんでもいい。ハルのことならどんなことでも」

「どんなことでも……」

そう言われてもと少し戸惑《とまど》う。フェルナンドは少し考えるように顎《あご》に手を当てた。

「そうだなぁ……例えば、寒いのと暑いのはどちらが好きだ？」

「え？」

思いもかけない問いに、晴はぱちぱちと瞬《しばたた》く。けれど、フェルナンドにもう一度「どっちだ？」と問われて迷いながらも口を開く。

「ええと、暑いの、かな。寒いのはちょっと苦手かも……」

「そうなのか。家の中はいつも暖めておかなければならないな」

フェルナンドがさも重要なことを聞いたという顔をするから、晴は思わず笑ってしまった。晴が困っているのを見て、気持ちを解きほぐそうとしてくれているのだろう。本当に、やさしいと思う。

「エレンタニアは寒いの？」

「いや、そんなことはないぞ？　だが冬は冷え込む日もあるからな」

本当かなと思ったけれど、突《つ》っ込まないでおく。別に寒い土地だったとしても、今更《いまさら》行かないという選択肢《せんたくし》はないのだから。

「なら、肉と魚はどちらが好きだ？」

「うーん、どちらかって言うなら肉かな。あっ、でも魚は久々に食べたから、すごくおいしく感じて、だから、ここに連れてきてくれたのは嬉しかったよ」

「そうか、よかった」

フェルナンドが頷く。その顔が本当に嬉しそうで、晴は少し照れくさくなって目を逸《そ》らした。

「で、でも淡水魚って寄生虫の関係で生では食べられないと思ってたから、それは少しびっくりしたかも」

「ああ、白銀魚は魔物《まもの》だからな。虫は寄り付きもしないだろう」

ごまかすために言った言葉に、フェルナンドがあっさりと理由を教えてくれる。

「えっ、そうだったんだ」

魔物の肉も食べられるというのは知っていたけれど、魚にも魔物がいたのかと驚《おどろ》いた。

「魔物と動物って何が違《ちが》うんだろ？」

「そうだな……いろいろあるが、体内に魔石があるかどうかが一番の違いだろう。あとは、魔物は人に馴《な》れない。似た種の動物と掛《か》け合わせれば家畜《かちく》化できるのではないかと研究されていた時代もあるが、魔物の血が入れば動物のほうが魔物化するのが分かったため、今では禁止されている国がほとんどだ」

「そうなんだ。けど、掛け合わせてどうする気だったんだろ？」

「いろいろあるが、例えばより体が大きく強靱《きょうじん》な馬を作るとか、味のいい牛を作るとか、そういったことだな。魔物の肉は美味《うま》いものが多いから」

「なるほどなぁ」

ふんふんと頷《うなず》いてから、結局いつもの雑談になってしまったなと苦笑《くしょう》する。

けれど、一番言いたかったのは、自分が素性《すじょう》を話さないのはフェルナンドを信用していないからではない、という点だったのだからそれが言えただけでもよかったと思う。

そう思ったせいだろうか。晴はすっかり気が緩《ゆる》んでしまった。

「魔物なんて俺の――――」

俺の世界にはいなかったと、そう口にしそうになって、晴は突然頭を襲《おそ》った激痛に言葉を失う。普段《ふだん》だったら絶対にしないようなミスだ。きっと、自分のことを話そうという意識が残っていたせいで、口から出てしまったのだろう。

「っ……ハル！　大丈夫か⁉」

驚いたようにハルの肩《かた》を抱《だ》いて顔を覗《のぞ》き込んできたフェルナンドに、かすかに頷く。

「一体何が……いや、なんだ、これは……」

フェルナンドが戸惑ったように晴を見つめる。何かを見極《みきわ》めようとするようにじっと晴を見つめているフェルナンドの表情が、徐々《じょじょ》に険しくなっていくことに気付いて、晴は首を傾《かし》げる。

頭痛はすでに治まっていた。

「よくもハルにこんなものを……いや、だがこれは……」

「フェル？」

「少し目を閉じていろ。悪いようにはしない」

「え？　う、うん」

もう頭痛は平気なのだがと思いつつも、フェルナンドの険しい表情に気圧《けお》されるように、晴は目を閉じた。

フェルナンドの手が、晴の額に触れる。

じわじわとそこから熱が広がっていくのを感じたが、いやな感じは全くしなかった。むしろほっとするような、そんな気がして晴の体から力が抜《ぬ》ける。

やがて耳の奥で、何かが割れるような音を聞いた気がした。そっと、フェルナンドの手が離《はな》れる。

「もういいぞ。忌《い》ま忌ましい枷《かせ》は壊《こわ》れた」

「……枷？」

「なんらかの魔法契約《けいやく》を施《ほどこ》されていたのだろう？」

フェルナンドの言葉に晴は目を瞠《みは》る。それは間違いなく誓約《せいやく》のことだろう。けれど、それが壊れた？

「――……本当に？」

絶対に破れないのだとばかり、思っていたのに。

「ハルの魔力ですでに随分《ずいぶん》と綻《ほころ》びが広がっていたからな。俺が手を加えなくてもあと数度衝撃《しょうげき》があれば壊れそうだったが……」

フェルナンドが言うには、誓約魔法は確かに通常ならば簡単に破れるものではないらしい。だが、晴と術者の魔力量に差がありすぎたため、誓約魔法の誓約が行使された際に反発が起き、それによって魔法自体が緩んだ、ということらしい。

「それって……つまり、俺はもうとっくに誓約に反したって、判断されてたってこと？」

血の気が引いて、指先が震《ふる》える。

晴が最初に酷《ひど》い頭痛に襲われたのは、城の門でのことだ。膨大《ぼうだい》な魔力がなければ、自分はあのときすでに死んでいたということだろう。

「すまん、怖《こわ》がらせたな」

フェルナンドが慌《あわ》てたようにそう言い、宥《なだ》めるように背中を撫《な》でる。晴はゆるゆると頭《かぶり》を振った。

魔法が緩んでいた、というのは確かにそうなのかもしれない。今回は二度目で、確かに酷い痛みではあったけれど前回よりも軽かった。それは、魔法自体が緩んで、弱くなっていたからなのだろう。

「もう、大丈夫《だいじょうぶ》なんだよな？　誓約を破っても」

「ああ、そうだ」

死んでいたはずだったと思うとぞっとしたけれど、もう大丈夫なのだと思ったら体から力が抜けるのが分かった。

「ありがとう、フェル……俺、ずっと怖くて……っ」

鼻の奥がつんと痛んで、目頭《めがしら》が熱を持つ。涙《なみだ》が零《こぼ》れる前に手のひらで顔を覆《おお》うと、そんな晴をフェルナンドがそっと抱きしめてくれた。

「ハルにそのようなものを施したのは誰《だれ》だ？」

「……話す。全部話すよ。最初から、順番に」

晴はそう言うと、フェルナンドの腕《うで》の中でぽつりぽつりとこれまでのことを話し始めた。

恋人《こいびと》だと思っていた男に二股《ふたまた》をかけられていたこと。その相手の女である咲茉におそらく殺されたであろうこと。気付いたときには、怪我《けが》一つない状態でこの世界に召喚《しょうかん》されていたこと。咲茉が聖女とされ、晴は城にいた神官らしき男に誓約魔法をかけられ、城を追い出されたこと……。

「フェルと出会ったのはそのあと。お金が必要だと思って、持ち物を売りに行ったときだよ」

「そんなことが……」

フェルナンドが酷く辛《つら》そうな顔をするのを見て、晴が辛そうだと自分のことのように辛いと言ってくれたのは、本当だったのだと思った。胸の奥がじんわりと温かくなって、思わず微笑《ほほえ》む。

「――……フェル、相談に乗ってくれる？」

「ああ、もちろん」

晴はフェルナンドの腕から出ると、すっかり冷たくなってしまったハーブティーに口をつける。そして、ソファに深く腰掛《こしか》けるとゆっくりと話し始めた。

「今日俺を攫《さら》った神官は、俺のことを『聖女』だって言った。俺を追い出したのは手違いだったって。だから、ザガルディアに戻《もど》れって」

改めて話してみても、理不尽《りふじん》な話だと思う。

「よくもそんな、道理の通らんことを……」

フェルナンドが怒《おこ》ったようにそう言ってくれたことに、ほっとする。もちろん、フェルナンドはきっと聖女ならば国に戻るべきだとは言わないと、信じていたけれど……。

「でも俺、ここに来るまでに魔物の存在に苦しんでいる人や、聖女の働きに期待している人を見てきたから、逃《に》げ出して本当によかったのか分かんなくて……」

タリスの悲痛な叫《さけ》びが、今も耳の奥に残っている気がする。あの男に対しては何も好意を抱《いだ》いていなかったけれど、あれが国民全員の叫びのように思えてならないのだ。

「……ハルは本当にやさしいな」

フェルナンドの言葉に、晴はそんなことはないと頭を振《ふ》る。本当にやさしかったら、ザガルディアを出ようなどと考えなかっただろう。

「君がそんなに辛そうな顔をする必要なんてないんだ。魔物《まもの》への対応はこの世界の者がするべきで、異邦《いほう》から無理矢理《むりやり》に呼び出されて、無体な仕打ちを受けたハルが気にすることじゃない」

「そうかな……」

震える声でそう言った晴に、フェルナンドははっきりと頷いた。

「前にも言っただろう？　ザガルディアやザガルディアに頼《たよ》るいくつかの国以外ではそうしている。世界的に見れば、おかしな手段を取っているのはザガルディアのほうだ。ハルは被害者《ひがいしゃ》で、何の責任もない」

その言葉に、ようやく少し気持ちが軽くなる。

「ありがとう、フェル」

どうにか笑《え》みに近いものを浮《う》かべてそう言うと、フェルナンドはそれでいいというように晴の頭を撫でた。

「それにしても……全然驚《おどろ》かないんだな？」

晴の語ったことに、フェルナンドは憤《いきどお》った様子は見せても、驚いた様子は全くなかった。

不思議に思って首を傾げると、フェルナンドは少し困ったように苦笑する。

「まぁ、大体のところは想像通りだったからな。誓約については気付かなかったが……」

「――そうなの？」

むしろ晴のほうが驚いて、目を瞠ってしまう。

フェルナンドが言うには、晴の周りは常に清浄《せいじょう》な魔力が巡《めぐ》っているらしい。そして、晴の物知らずな様子や、膨大な魔力を持ちながら使い方を知らないこと、聖女召喚の儀《ぎ》が行われた時期などを考えれば自《おの》ずと分かることだという。

「そもそも、ハルの魔力は、人族のものとしては多すぎる。竜人《りゅうじん》は魔力が多いと、前に言ったことを覚えているか？」

フェルナンドの言葉に、晴はこくりと頷《うなず》く。

「竜人の中でも、王族は特に魔力が多いんだが、ハルの魔力はその竜人の王族にも勝《まさ》るほど膨大だ。もちろん、人族の王など足下《あしもと》にも及《およ》ばない」

「そんなに？」

晴は驚いて、それから首を傾《かし》げる。

「竜人の王族はフェルよりもすごいのか？」

晴の問いに、フェルナンドは軽く息を呑《の》み、答えに迷うように視線を彷徨《さまよ》わせる。

「フェル？」

珍《めずら》しい態度に、晴はぱちりと瞬《しばたた》き、それから慌てて口を開く。

「別に、言いづらいことだったら、言わなくていいから」

フェルナンドはずっとそうしてくれていたのだし、自分も気にしない。

けれど、フェルナンドはそんな晴に苦笑《くしょう》すると、そうじゃない、と頭を振った。

「ハルには言わなければならないと、ずっと思ってはいたんだ。――――俺は今生きている王族の中で最も魔力が強いと言われている」

生きている王族の中で……中で？

「それって、つまり、え？　フェルは王族ってこと、だよな？」

少し混乱しつつもそう訊《き》くと、フェルナンドは頷いた。

晴の中に、リーベに着いたときに出会った竜人の態度が浮かぶ。彼はフェルナンドに対して敬うような態度を見せていた。礼儀《れいぎ》正《ただ》しい人だなと思ったけれど、あれはフェルナンドが王族だったせいなのか……。

「俺の正式な名は、フェルナンド・イサ・エレンタニアという。……黙《だま》っていてすまない。だが、ハルは王族に対していい印象がないようだったし、言ったらますます警戒《けいかい》されるかもしれないと思ってな」

しょんぼりと肩《かた》を落とすフェルナンドに、晴はやや呆然《ぼうぜん》としつつも頭を振る。

「……黙っていたのは、俺も同じだから」

そして、自分のことが話せないのだから、フェルナンドのことも訊くべきではないとも思っていた。晴はどうなのかと聞き返されることが怖かったのだ。

だから、黙っていたことを責めるつもりなんて少しもなかった。

「怒ってないか……？」

晴の顔色を窺《うかが》うようにそう訊いてくることがなんだかおかしくて、思わず笑ってしまう。

「驚いたけど、怒ってはないよ。それに、王族を無差別に嫌《きら》ってるわけじゃないし」

自分が嫌っているのはあくまで、ザガルディアの王族である。まぁ、他《ほか》のルディア教を国教とする国の王族も好きではないかもしれないが、はっきりと嫌いだという感情があるわけでもなかった。

もちろん、聖女と関係のないエレンタニアの王族に対して思うところなどない。

「そうか」

ほっとしたような顔をするフェルナンドに、もう一度笑う。

「それに名前なら俺も、全部は言ってなかったし……」

「そうなのか？」

フェルナンドにじっと見つめられて、晴は頷いて口を開く。

「中江晴、っていうんだ。中江は家の名前だから、こっち流だとハル・ナカエってことになるかな？」

「ナカエハル……ハル・ナカエ」

「晴、はそのまま、晴れ、天気がいいっていう意味があるんだ」

フェルナンドの手を取ると、晴は手のひらを開かせ、そこに『晴』の字を書いてみせる。

「ん、んんっ、なるほど……あとでもう一度紙に書いてくれるか？」

「いいよ」

くすぐったかったせいだろうか？　なぜか少し顔を赤くしたフェルナンドに晴はこくりと頷いた。

「とりあえずハルが王族でもいやじゃないならいい。どうしてもいやだというなら王族などやめるつもりだったが……こうなると王族でよかったかもしれないな。おかげで、ハルを守ることもできるだろう」

「俺を、守る？」

いや、今までも十分守ってもらってきたが、それと王族がどう関係するのだろう？

「万が一ザガルディアがハルを寄越《よこ》せと言ってきても、エレンタニアの王族ならば正面から断ることができるからな」

「そうなの？」

いや、確かに聖女は国が召喚《しょうかん》した存在であり、エレンタニアにいると分かれば、国を挙げて迎《むか》えに来る可能性もあるのかもしれない。

その場合、いくら竜人であっても、フェルナンドが平民だったなら簡単に退けることはできなかったということだろうか。

「けど、そもそも俺がエレンタニアに行こうとしてるとかって、分かるもんなのかな？　まぁ、今回見つかった理由もよく分かんないから、あれだけど……」

ひょっとして、と思うのはここに来る直前に治癒《ちゆ》魔法を使ってしまったことである。

それを教会関係の人間が知ったとか？　でも、それにしては早すぎるか……。

など考えていると、フェルナンドが思わぬことを教えてくれた。

「────浄化《じょうか》されてる？」

「ああ、そうだ。言っただろう？　ハルの周りは清浄な魔力が巡っていると」

そのせいなのか、晴が通ってきた道筋は、聖女が巡礼《じゅんれい》したのと同じように浄化されているらしい。

「確認《かくにん》したわけじゃないが、通った場所は魔物の発生率も減っているだろう。ザガルディアがハルこそが聖女だったんじゃないかと気付いたのも、ここまで追ってこられたのもそのせいだろうな」

まさかそんなことになっているとは思ってもみなかった。むしろ、自分に魔物が寄ってくるせいで被害《ひがい》が拡大しているのではないかと思っていたほどだ。

晴は、驚くと同時に、それならばあの被害が多いと言っていた街も少しはマシになっているのかと内心安堵《あんど》した。

「全く、ハルは本当にお人好《ひとよ》しだな」

晴の心情が伝わったのか、少し呆《あき》れたように言われて、恥《は》ずかしくなる。

「そんなこと、ないと思うけど……。街の人は、悪い人ばっかりじゃなかっただろ」

王都にだって、親切な人はいた。そういった人たちに、不幸になって欲しくはない。

「……そうだな」

ため息を一つ吐《つ》いて、フェルナンドが苦笑する。

「本当に、ハルが番《つがい》でよかった」

「え？」

どうしてその話になるのか分からず、ハルはきょとんとしてフェルナンドを見る。

「ハルが番でなければ、こうして共にいることもなかっただろう？　共にいなければ、助けてやることもできなかった」

「それは、そうだけど、でも」

「何かおかしいか？」

「おかしいっていうか……俺が番じゃなければ、フェルが巻き込まれることもなかったとは思わない？」

晴が番でなければ、フェルナンドは晴を助ける必要がそもそもないはずだ。

むしろ番が、自分のような異世界から来たというような、おかしな背景のある人間ではなかったほうが、フェルナンドにはよかったのではないだろうか。

そう訊いた晴に、フェルナンドが深々とため息を吐いた。

「……これはきっと、俺の努力が足りないということなんだろうな」

「努力？」

どういう意味だと思った晴の手を、フェルナンドがぎゅっと握《にぎ》りしめる。

「ここまでの旅で、少しくらいは好意を抱《いだ》いてくれているんじゃないかと思っていたんだが、まだまだだったみたいだな。俺のほうは、出会ったときよりもずっと、ハルを好きになったというのに」

困ったような顔で告げられた言葉の意味を理解するのに、しばらくかかった。

そして、理解した途端《とたん》、頬《ほお》が燃えるように熱くなる。

いや、確かにフェルナンドはずっと自分にやさしかったし、晴が認めなくとも番として大切にしようとしてくれているのだろうなとは思っていた。応《こた》えられないことが申し訳なくなるほどに。

けれど、それは『番』という存在に対して竜人《りゅうじん》が取らざるを得ない求愛行動のように思っていたのだ。

番だから、魔力《まりょく》の相性《あいしょう》がいいから、という理由で執着《しゅうちゃく》されているだけなのだと……。

なのに、フェルナンドはこの旅の中で、晴をもっと好きになったと言った。

「け、けど、俺は、そんな、フェルに好きになってもらえるようなことは何も……」

ただ、本来受け取るべきでないやさしさを、図々《ずうずう》しくも甘受していただけ。むしろ番でなければ嫌われていてもおかしくないと思う。

「何も？　ハルはやさしくて、笑顔《えがお》が可愛《かわい》くて、傷ついても前を見る強さがあるのに？　俺にやさしくされるたびに嬉《うれ》しそうに笑って、でも同じくらい困ったり、申し訳なさそうな顔をしたりしているのを見るのがずっと俺の楽しみだったのに？」

それこそ楽しくて仕方ないというように笑ってフェルナンドが言う。

「番であることで君を求める気持ちがないとは言えない。けれど、人だって一目惚《ひとめぼ》れをすることはあるだろう？　そのあとに、愛《いと》しいと思う気持ちが育つことは何もおかしなことじゃない。違《ちが》うか？」

そう言ってまっすぐに見つめてくるフェルナンドの視線に、晴は縫《ぬ》い付けられたように動けなくなる。けれど、頭の中ではフェルナンドの言った言葉を何度も反芻《はんすう》し、その意味を理解しようとしていた。

番を愛するのは、一目惚れのようなもので、それとは別にフェルナンドは自分を好きになってくれていた？

それが本当なら……。

胸の深い場所から湧《わ》き上がったのは、間違いなく歓喜《かんき》だった。

自らの素性《すじょう》を明かせないことで、信用を得られないだろうと思っていたことや、それがお互《たが》いを苦しめるだろうと思っていたことも本当だ。

しかし同時に、自分が『番』であるという、そこにも引っかかりを感じていたのだと気付く。

ただ番だというだけで、自分自身を求められていないような、そんな気がしていた。

けれど、そうではないとフェルナンドは言ってくれたのだ。

そして、誓約《せいやく》のなくなった自分にはもう、この気持ちを抑《おさ》えるべき理由がない。

「……嬉しい」

ぽつりと、それだけを呟《つぶや》いた晴にフェルナンドは大きく目を瞠《みは》った。

「――――本当に？」

信じられないというように言うフェルナンドに、晴はこくりと頷《うなず》く。そして……。

「よかったら、俺を、フェルの番にしてくれる？」

晴がそう言うと、フェルナンドは握っていた手を引いて、晴を抱《だ》き寄せた。

「ああ、もちろんだ。ハル……ハル……っ」

名前を呼ぶフェルナンドの背を、晴も同じように抱き返す。

向けられた思いを信じて受け取ること、そして思いを返すこと。

それが、こんなにも嬉しいことだったなんて、知らなかった。

やがて抱きしめる腕《うで》が緩《ゆる》み、頬に手を当てられると、晴は素直《すなお》に目を閉じる。柔《やわ》らかなもの
が、そっと唇《くちびる》に触《ふ》れた。

そのまま何度も離《はな》れては重なって、やがて先を促《うなが》すように下唇を吸われる。ほんのりと開い

た唇の間に、舌が入りこんできた。

「ん……っ、ふ、ぁ……」

フェルナンドとキスをするのは初めてではない。けれど、あのときはここまで濃厚《のうこう》なものではなかった。

完全に、このあとの行為《こうい》に対する前戯《ぜんぎ》としてのキス。

分かっていたけれど、止める気はなかった。告白してすぐにだなんて、と思わなくはないけれどすでに一度体を重ねているし、求められることの喜びの前では些細《ささい》なものだ。

むしろ、ここまでの情欲を旅の間は隠《かく》してくれていたのだと思うと、愛しくさえ思う。

髪《かみ》をかき混ぜるように撫《な》でられて、時折首筋に触れる指にぞくりとする。

ようやく唇が離れたときには、晴の息はすっかり上がって、体から力が抜《ぬ》けていた。

「……ここで、するの？」

フェルナンドの指が、晴の服を脱《ぬ》がそうと動くのを見て、思わず尋《たず》ねる。

「だめか？」

「だめじゃ、ない、けど」

ここはまだ、ソファの上であり、すぐそこにベッドがあるというのに……。

「なら一度だけ。そのあとはベッドに移ろう」

一度では終わらせる気がないという宣言にも似た言葉に、晴は頬に熱を感じながら、それでも小さく頷く。

「……かわいいな」

「っ……」

ちゅっと、音を立てて唇を吸われ、晴は羞恥《しゅうち》に視線を逸《そ》らした。

その間にも、フェルナンドの手はするすると、熟《う》れた桃《もも》の皮を剝《む》くかのように容易《たやす》く晴の服を剝《は》ぎ取っていく。

「あ、ぁ……っ」

服を脱がせながらもあちこちに口づけられて、晴はあえかな声を零《こぼ》した。この前は気付いたらもう中にフェルナンドが入っていて、わけが分からなくなるような快感に翻弄《ほんろう》されていたから、こんなふうに少しずつ快感を煽《あお》られるのは初めてだ。

フェルナンドの指に、唇、吐息《といき》にすら肌《はだ》が粟立《あわだ》つ。触れられる端《はし》から、熱が灯《とも》るかのように体が火照《ほて》る。

気付けば晴はシャツ一枚だけの姿にされ、フェルナンドに抱き上げられて、その膝《ひざ》を跨《また》ぐように上に乗せられていた。

「あっ、ん…っ」

軽く腰《こし》を引き寄せられて、フェルナンドの唇が胸元《むなもと》に触れる。

夜気に晒《さら》されて、そこはすでに尖《とが》り始めていた。それを舌で押し潰《つぶ》されて、びくりと体が揺《ゆ》れる。

「気持ちいいか？」

「わ、分かんな……あ、んっ」

ゆるゆると頭《かぶり》を振《ふ》ると、ゆっくりと舌で転がされて、じわじわと快感が下腹部へ落ちていく。

ささやかではあったが、確かにそれは快感だった。

「素直でかわいいな」

「何、言って……ん、あ……ぁ」

吸い上げられるのと同時に、もう片方の乳首《ちくび》を親指でくるくると撫でられる。

自分でするときに多少触れたことはあったけれど、こんなふうに長く、そこだけを弄《いじ》るようなことはなかったから、もどかしくも感じる。

だが、フェルナンドは少しずつ、快楽を引き出していき、晴は徐々《じょじょ》に強くなっていく快感に戸惑《とまど》いながら体を震《ふる》わせた。

「ハルの体は、どこもかしこも甘く感じるな」

そんなわけがないと思うのに、しつこく胸を吸い上げられて本当にそこから甘い蜜《みつ》でも出ているのだろうかと考えそうになる。

「あ……っ」

突然《とつぜん》、うしろに回っていた手が、晴の尻《しり》に触れた。フェルナンドの膝を跨ぐように乗せられているせいで無防備になった場所を指が撫でる。

前回は慣らされたところの記憶はない。抱かれると分かっていたら、先ほど風呂《ふろ》に入ったときに自分で準備をしたのにと、そう思ったのだけれど……。

「ひぁっ！」

突然、ぬるりとした感触《かんしょく》がそこに触れて、晴は高い声を上げた。

いや、触れただけではない。

「ひ、やっ、あっあっ、な、何……っ」

くちゅりぷちゅりと濡《ぬ》れた音を立てて、何かゼリー状のものが中へ入り込んでくる。

「うん？　ああ、そうか、この前は意識がなかったのか……。安心しろ、ハルに負担がないように準備しているだけだ」

乳首から口を離して、フェルナンドが宥《なだ》めるようにそう言った。どうやら潤滑剤《じゅんかつざい》のようなものらしいと思ったのだが……。

「や、フェル……中、んっ、おかし……っ」

潤滑剤だと思われるゼリーが、まるで中で動いているような気がして、晴はひくひくとその薄《うす》い腹を震わせる。そして、返ってきた言葉に目を剝いた。

「洗浄用《せんじょうよう》スライムで感じているのか？　ハルの中は敏感《びんかん》だな」

……スライム？　今、スライムと言ったのだろうか？

「な、にそれ……ひぅっ」

ぐちゅりと体の中で明確に何かが蠢《うごめ》いたのを感じて、晴はきゅっと体に力を込めてしまう。するとし締《し》めつけたことで狭《せま》くなった場所で、それがずるりと動いた。

「や、何、中、動いて……っ、ひ、やっ、やだぁっ」

スライムと言ったら低級の魔物《まもの》である。もちろん、晴も出会ったことはあった。だが、人を襲《おそ》うものは稀《まれ》であり、あえて倒《たお》すような者は素材を集めているのだという話で……。

素材。

ひょっとして、今自分の中に入れられているものの素材、ということだろうか。

「フェル……んっ、やだ、や……っ」

洗浄用、とフェルナンドは言っていたから、これはきっと必要なことなのだと思う。けれど、そんなものを入れられて、しかも快感を覚えていることが酷《ひど》く恥《は》ずかしかった。

「気分が悪いか？」

「ち、ちが……気持ちいいの、やだ……ぁっ」

快感に震えながら、晴は頭《かぶり》を振る。

フェルナンドの態度からして、こちらの世界では使うのが当然のアイテムのようだが、晴からするとこんなものに快感を与《あた》えられているところを、フェルナンドに見られるのは辛《つら》い。羞恥で今にも心が焼き切れそうだった。

「フ、フェルのが、いい」

晴がそう言うと、フェルナンドの目が驚《おどろ》いたように見開かれる。

「フェルの、入れて……」

「――まだ、少しきついかもしれないが……」

「全然、いい、から」

晴はゆるゆると頭を振ると、中のものを意識しないように気をつけながら、そっとフェルナンドの唇《くちびる》にキスをした。

「フェルが、気持ちよくして」

そう口にした途端《とたん》、噛《か》みつくようなキスを返される。

「ん…っ、んん…っ」

ねじ込まれた舌に口腔《こうこう》を舐《な》められて、それと同時に体の中に指が入り込んできた。

「んんぅ……っ！」

中に入っていたものがずるりと引きずり出されるような感覚がして、晴は強い刺激《しげき》にびくびくと体を震わせた。

唇が塞《ふさ》がれていなかったら、恥ずかしくなるような声を上げていただろう。

フェルナンドの腕《うで》が晴の腰を持ち上げる。晴は上手《うま》く力が入らず、されるがままだった。

指で軽く押し開かれた場所に、熱いものがぐっと押しつけられる。

「あ……入って…くる……っ」

先ほどまでとは比べものにならないほどの質量が、そこを押し開いていく。痛みはなかった。けれど、あまりの圧迫感《あっぱくかん》に息が苦しいような気がする。

「ハル……っ」

「あ────っ」

腰を引き下ろされ、熱いものが奥まで入ってくる。晴はそれだけで我慢《がまん》できずにイッてしまった。

「あ……あ……」

快感に震える体を、フェルナンドがぎゅっと抱《だ》きしめてくれる。

けれど、絶頂の余韻《よいん》に浸《ひた》っていられたのは、それほど長い時間ではなかった。

「あ、あ、あ、あぁっ！」

ゆっくりとではあったけれど下から突《つ》き上げられて、高い声が零れる。奥をとんとんと突かれるたびに、痺《しび》れるような快感が湧《わ》き上がってきた。

そして、もっと奥まで開かれてしまうのではないかという不安と期待を同時に感じて、中がひくひくと戦慄《わなな》く。

「ん、あっ、フェル……フェル……っ」

どうして、こんなに気持ちがいいのだろう。フェルナンドに抱かれるのはまだ二回目で、一回目からは随分《ずいぶん》と間が空いているのに、不思議なくらいだった。

あまりの気持ちよさに、腰から下がどろどろに溶《と》けているのではないかとさえ思った。

「な、んで……あっ、きもち、ぃよぉ……っ」

「これが、魔力の相性《あいしょう》がいいということだ。番《つがい》の体液は、片割れを快楽に酔《よ》わせる」

そう言えば、前にも魔力の相性がいいからだと言われた気がする。

同時に、そのせいで、中で出されるともっと気持ちよくなってしまうのだということも、思い出す。

今だって、こんなにも気持ちがいいのに……。

「フェル……っ、な、中で、出さないで……」

「なぜだ？　随分淋《ずいぶんさび》しいことを言うな」

「だ、だって、も、気持ちよすぎる、から……っ、これ以上、あっ、む、無理……っ」

晴は必死にそう言ったのに、フェルナンドは晴の答えを聞いて笑う。

「なんだ、そんなことか」

「そ、んなこと、って、あっあぁっ、おかしく、なっちゃ……ぅ」

「いくらでもなればいい。快楽のあまり、おかしくなるハルが見たい、ほら」

「あっあっあっ！」

下からの突き上げが激しくなって、晴は思わず腰《こし》を浮《う》かそうと膝《ひざ》に力を込める。

けれど、快感に溶けた晴の膝には、とっくに力が入らなくなっていた。

「やっ、だめっ、だめ……ぇ」

「こんなに締めつけて、放そうとしないのは、ハルのほうだろう？」

「あっあぁっ、ちが……っ」

「違《ちが》わない。ほら、中で出すぞ」

「や、あ、だめ……っ、ひ、あぁ……あ——！」

ぐっと強く腰を引かれるのと同時に下から突き上げられて、激しい快感に晴はぎゅっと中を締めつけた。

「ン……は…、中……だめって……言ったのに……」

責めるような言葉を口にしながらも、晴は力の入らない体をぺったりとフェルナンドに寄りかからせていた。

ぱちぱちと、中で快感が弾《はじ》けているような気がする。中が熱くて、堪《たま》らない。ぐちゃぐちゃにぬかるんだそこを、かき混ぜてほしくて仕方なかった。

「怒《おこ》ったか？」

「……も、いいから、中、いっぱいかき混ぜて……」

この熱をどうにかしてほしい。

「ああ、いくらでも」

フェルナンドはそう言うと、嬉《うれ》しそうに晴にキスをした。

「ベッドでたっぷり可愛《かわい》がってやろう」

そうして、約束通りベッドへと場所を移してからも、晴はその溺《おぼ》れるような快感に翻弄《ほんろう》され、やがてゆっくりと意識を失ったのだった……。

◆

どこまでも続く青い空と、その下に広がる雲海。雲の切れ目からは地上が見える。

ドラゴンの姿になったフェルナンドの背で、晴はその景色を見ていた。

フェルナンドの番になることを受け入れた翌日、リーベを出るとすぐにフェルナンドはドラゴンへと転身し、その背に晴を乗せた。

ドラゴンの姿で飛べば、エレンタニアまで二日ほどだという話だったのだが……。

『もうすぐ見えてくる』

耳に直接届くような不思議な響《ひび》きの声に、晴は胸を高鳴らせる。

ドラゴンになっている間の声は、番にしか届かないという。また、その背に乗ることが許されているのも番だけ。だからこそ、ドラゴンでの移動がどれだけ速く、安全であってもこれまでは馬で移動してきたのだとフェルナンドは言っていた。

とはいえ、番というのはお互《たが》いの魔力《まりょく》を一定量以上交《か》わすことで成立するらしく、実際のところ晴はとっくにフェルナンドの番になっていたらしい。だが、晴が認めるまではもう番になっているのだからと囲い込まないように気をつけていたようだ。これも先人の教えということだった。

でもそのおかげで、晴の魔力が封《ふう》じられても、晴の居場所が分かったというのだから、まぁ結果的にはよかったと言えるだろうか。

フェルナンドはその髪《かみ》と同じ美しい金色のドラゴンで、角だけは白銀に輝《かがや》いている。最初に見たときはその大きさと迫力《はくりょく》に驚《おどろ》いたものの、怖《こわ》いとは思わなかった。どちらかと言えば、その背に乗ったあと、空に舞《ま》い上がった瞬間《しゅんかん》のほうが怖かったが、それももう慣れつつある。ドラゴンはその羽で飛んでいるというより、魔力で飛んでいるらしく、非常に安定しているのだ。

フェルナンドが徐々《じょじょ》に高度を下げる。

雲を抜《ぬ》けると前方に切り立った山脈と、その麓《ふもと》に広がる都市が見えた。

「あれがエレンタニアの王都……」

『王都ミカレケイア。魔法障壁《しょうへき》に守られた、千年以上の歴史を持つ古い都だ』

都を囲む物理的な壁《かべ》は低いが、壁の上に透明《とうめい》な膜《まく》があり、都市全体を覆《おお》っている。シャボン玉の中にすっぽりと包まれているかのようだ。

フェルナンドは都市の上を飛び続け、やがてどう見ても王宮と思われる巨大《きょだい》で荘厳《そうごん》な建物の庭へと降り立った。

そこはドラゴンが離着陸《りちゃくりく》するための庭なのかもしれない。建物の二階部分に当たるだろう空中庭園に、ぽっかりと丸く、煉瓦《れんが》敷《じ》きの広場のような場所があって、フェルナンドが降りたのはそこだった。

晴がその背から降りると、フェルナンドが人の姿に戻《もど》る。どういう仕組みなのか、服は着たままだ。

「兄上！」

庭の入り口に人が集まり始めていることには気付いていたけれど、最初に声をかけてきたのは赤い髪の男だった。

歳《とし》は二十代後半くらいに見える。フェルナンドを兄と呼ぶからには、兄弟なのだろうか？

あまり顔は似ていないけれど……。

「ティムールか。久しいな」

フェルナンドは男――ティムールに向かってそう言うと、今度は晴に向かって口を開く。

「父方の従兄弟《いとこ》で、ティムールだ」

なるほど従兄弟か、と納得《なっとく》しつつ、緊張《きんちょう》に顔が強《こわ》ばる。最初に両親が出てくるよりはマシだが、フェルナンドの従兄弟ということは、ティムールも王族である可能性がある。

フェルナンドが王族だと聞いたときは、そうだったのかと思った程度だったが、王宮にドラゴンの姿のまま乗り付けたあたりで、晴はなんとなく、不安になりつつあった。

もともと身分制度などない世界で暮らしていた晴は、王族と聞いても国の偉《えら》い人の一家なんだなというくらいで、正直あまりピンときていなかったのだとここに来て気付く。場違い感というか、本当によかったのだろうかというような……。

「それで、こちらは……？」

ティムールがおそるおそるというような口調でそう訊《き》くと、フェルナンドが嬉しそうな笑《え》みを浮かべ、晴の腰を抱《だ》いた。

「俺の番《つがい》で、晴だ」

「やっぱり！　ああ、おめでとう！　見つかってよかった……本当によかった……！」

ティムールが本当に嬉しそうにそう言う。少し離《はな》れた場所でこちらを窺《うかが》っていた者たちも一斉《いっせい》に歓声《かんせい》を上げる。

想像もしていなかった歓迎《かんげい》ムードに、晴は内心パニックになっていた。

「フ、フェル、これ一体……」

「うん？　皆《みな》、俺に番が見つかったことを喜んでくれているんだ。俺は十年以上も旅をしていたからな」

フェルナンドの言葉に晴が驚いて目を瞠《みは》ったときだ。

「フェル！」

女性の声が、フェルナンドを呼んだ。声のしたほうを見ると、ドレスに身を包んだ美しい女性が、やや年かさの男性に手を取られて立っていた。

いつの間にか周囲にいた者たちは皆、膝《ひざ》を突《つ》いている。立っているのは、フェルナンドと晴、ティムールとその二人だけだ。

「母上」

フェルナンドのその言葉に驚いたのは、その女性が母と言うには随分《ずいぶん》と若く見えたからだ。けれど、近付いてきたその目に、涙《なみだ》と共に浮《う》かんでいる慈愛《じあい》は、確かにこの女性がフェルナンドの母なのだと思わせるものだった。

顔立ちも、フェルナンドは母親似なのだなと分かる程度に似ているが、髪の色は銀色で、瞳《ひとみ》は赤い。

「ああ……ついに見つけたのね」

「はい。長く国を離れて申し訳ありません」

フェルナンドの言葉に、母親はゆっくりと頭《かぶり》を振《ふ》る。次に口を開いたのはその隣《となり》にいた男だった。おそらく、こちらがフェルナンドの父親なのだろう。金の髪と瞳がそっくりだ。

「――――戻ったか。そちらが、そうか？」

「はい。番の晴です。晴、こちらが俺の父と母だ」

思った通りそう紹介《しょうかい》されて、晴はごくりと唾《つば》を飲んだ。

「は、初めまして。中江晴と言います。あ、あの、ふつつか者ですが、よろしくお願いします

……！」

そう言って一度深く頭を下げる。顔を上げると、フェルナンドの両親はまじまじと晴を見つめていた。ドキリとしたけれど、その表情には戸惑《とまど》いも嫌悪感《けんおかん》もない。むしろ、とても嬉《うれ》しそうだった。

「フェルナンドの番になってくれて感謝する」

父親の、そう言いながらやさしく撓《たわ》んだ目が、厳しそうな雰囲気《ふんいき》を払拭《ふっしょく》する。本当に、晴を歓迎してくれているのだと伝わるような表情に、晴の顔が綻《ほころ》んだ。

その後、晴はフェルナンドとその番のために用意された部屋へと案内され、フェルナンドの妹だという少女とその番の青年にも挨拶《あいさつ》をした。

思った以上の歓待《かんたい》と同時に晴が驚いたのは、フェルナンドが単なる王族ではなく王太子——次代の王であったことだ。

フェルナンドの両親の登場に際して、周囲の者たちが跪《ひざまず》いたときに、なんとなくおかしい気はしたのである。

あれは、二人が国王と王妃《おうひ》だったからだ。

次期王の番が同性で大丈夫《だいじょうぶ》なのかと俄《にわか》に不安になったが、番というのは絶対の存在らしく、すぐに婚約《こんやく》が結ばれることになったのだった。

それは、慣例的にそうだというより、晴の事情を両陛下が知ったためでもある。

ザガルディアが何か言ってくるよりも前に、王太子の婚約者としての体裁《ていさい》を整えてしまったほうがいい、という判断である。

王妃は特に晴の身を案じ、同時に大々的な婚約式がしたかったのにと憤《いきどお》ってもいた。

その分、結婚式は盛大に行いましょうね、というのは王妃の言葉だ。

「こんなに、歓迎してもらえるとは思ってなかった」

自室でのんびりと午後のお茶を飲みながら、晴がぽつりと呟《つぶや》いた。

「まだそんなことを言っているのか？」

ここに来てもう、十日も経《た》つというのに、と笑われて頬《ほお》を染める。

「しょうがないだろ、まだ慣れないんだから……」

だが、実際のところ今でもまだ朝起きると驚いてしまうくらいなのだ。フェルナンドが一緒《いっしょ》に寝《ね》ていることや、部屋の豪華《ごうか》さに。

しかも、フェルナンドの番が見つかったというニュースに、各地から祝いが届けられていて、その使者に会ったり、結婚式の準備を進めたりと毎日忙《いそが》しいのだ。

幸いなのは、何をしていてもフェルナンドがずっと一緒にいてくれることだろう。番が一緒に行動するのは、この国では当たり前で、特に番《つが》ってから一年ほどはほとんど離れることはないらしい。そのせいか、城内を歩いていても、周囲からは温かい視線が向けられていて、微妙《びみょう》に居たたまれない。もちろん、疎《うと》まれるよりずっといいし、ありがたいとも思うのだけれど……。

今日は結婚式の衣装《いしょう》の打ち合わせがあった。同性で番うことも普通《ふつう》にあるからか、ドレスなどではなく、男性の服としての花嫁《はなよめ》衣装のようなものがちゃんとある。そのことにはほっとしたけれど、晴がこちらの服のことはよく分からないと言ったせいだろう、義妹《いもうと》になるリルアーナと王妃が白熱してしまい……少し疲《つか》れた。

だが、本当に疲れることは、このあとに待っていたのだ。

ノックの音に返事をすると、やや硬《かた》い表情をした侍従《じじゅう》の男が入ってきた。

「どうした？」

フェルナンドが声をかける。

今日このあとは空き時間だったはずだが、急な用件でもできたのだろうか？

「――ザガルディア王国からの使者が到着《とうちゃく》いたしました」

その言葉に晴は息を呑《の》む。

「ついにきたか」

だが、そう言ったフェルナンドの表情はどこか好戦的で、むしろ待っていたかのようだった。

いや、実際晴も待っていた部分はある。いつまでも、来るか来るかと身構えているのは、疲れるものだ。早いところ、決着を付けてしまいたいという気持ちはあった。

「要求は当然、晴の返還《へんかん》だろうな」

「はい、そのようです」

侍従はそう言うと、筒状《つつじょう》にされた書簡をフェルナンドへと差し出す。

「父上は何か言っていたか？」

「陛下は殿下《でんか》のしたいようにと」

もともと前々からこの件に関しては自分に任せてほしいと、フェルナンドは国王に言っていたが、希望が通ったということだろう。

フェルナンドが早速《さっそく》書簡を開く。そこには、現在エレンタニア国内にいる、黒髪《くろかみ》黒目の青年の身柄《みがら》を返還するようにという文言と、晴の似顔絵があった。よく考えてみれば、相手は自分の名前すら知らないのだ。咲茉に名乗った記憶《きおく》はないし、自分も咲茉の苗字《みょうじ》は分からないのだから、お互《たが》い様だろう。

使者の代表は、サーシェス・ウィンダム・ザガルディア。あの日、召喚《しょうかん》の儀《ぎ》に参加しており、晴を追放するように命じた、ザガルディア王国の第二王子だった。

晴がそのことを説明すると、フェルナンドは不愉快《ふゆかい》そうに眉《まゆ》を顰《ひそ》める。

「本人が使者に立ったか。どうにか挽回《ばんかい》しようという腹なのだろうが……」

そこで言葉を止めると、にやりと不敵な笑みを浮かべた。悪いことを企《たくら》んでいるときの顔である。

「わざわざ自分の立場を地の底に落としに来てくれたのだから、感謝するべきかもしれんな」

フェルナンドの言葉に、晴は苦笑《くしょう》した。憎《にく》いと思う気持ちはあったけれど、隣でこんなに怒《おこ》ってくれる人がいると、案外そういった負の感情は薄《うす》れてしまうものなのだと思う。

「そう言えば、聖女の話は書いてないんだな」

「向こうは晴が聖女だとばれていないつもりなんだろう。誓約《せいやく》が破棄《はき》されたことに気付いていないんだ」

「あ、そうか」

言われてみればそうだった。もしあのとき、フェルナンドが解いてくれなければ、今でも自分が異世界から召喚されたことや、神官に聖女だと言われたことを告げることはできていなかったはずだ。

「ただの庶民《しょみん》なら、返してもらうことも容易《たやす》いと考えているんだろう。そもそも、こいつらのものでもないだろうに図々《ずうずう》しい話だ」

フェルナンドの言葉に、その通りだなと頷《うなず》く。

「さっさと終わらせるか」

「すぐに行かれますか？」

「ああ。晴の近くにいられるのも鬱陶《うっとう》しい。どうせすぐに追い返すんだ。早いほうがいいだろう」

「かしこまりました」

侍従はそう言うと部屋の外にいたメイドに指示を出し、フェルナンドと晴の支度《したく》を調《ととの》えるのを手伝ってくれる。

もちろん、晴もフェルナンドも一人で着替《きが》えることができるため、そう手は掛《か》からない。ただ、相手に晴が王太子の婚約者であることを信じさせる必要があるため、いつもよりもさらにきらびやかな格好をさせられたことには少し困惑《こんわく》したけれど。

「晴、本当に君も行くのか？」

「俺を出せって言うんだろうし、俺もさっさと蹴《け》りをつけたいから」

前々からフェルナンドは使者が来たとしても、晴が顔を出す必要はないと言っていた。けれど、晴としては自分の問題で、フェルナンドをはじめとしたエレンタニアの竜人《りゅうじん》たちに迷惑《めいわく》をかけるというのに、自分だけが何もしないというのはどうにも気が進まない。

とは言え、自分が出ないほうが旨《うま》く行きそうなら、無理に首を突《つ》っ込みたいわけではなかった。フェルナンドの婚約者になった、という事実だけで、相手が引いてくれるならそれでいいのだ。

フェルナンドは、相手が晴に何か言うことで、晴がまた自分を責めるようなことにならないか、心配してくれているのだろうし……。

「約束通り最初は隠《かく》れてる。でも俺を出せって言うなら行く。それでいい？」
「ああ、それでいい」
そうして支度を終えたあと、侍従が案内してくれたのは、謁見室《えっけん》の一つだった。
そこにすでに使者の一行が待っているという。晴は隣《となり》の控《ひか》えの間で待機することになってい
たが、扉《とびら》がないため声は問題なく聞こえるはずだ。
もちろん、晴のほうも声を出さないように気をつける必要があるが……。
「――……行ってくる」
耳元でフェルナンドが囁《ささや》き、ついでとばかりに頰《ほお》にキスをした。晴はなんだか少し肩《かた》の力が
抜《ぬ》ける。
フェルナンドは堂々とした足取りで室内に入っていった。
「私はザガルディア王国第二王子、サーシェス・ウィンダム・ザガルディア。拝謁《はいえつ》が叶《かな》い、恐《きょう》
悦至極《えつしごく》です」
「顔を上げて構わない。私はエレンタニア王国王太子、フェルナンド・イサ・エレンタニア
だ」
お互いが挨拶《あいさつ》を交《か》わす声が聞こえてくる。サーシェスが謙《へりくだ》っているのは、フェルナンドが王
太子であり、サーシェスが第二王子であることと、エレンタニアが特別な国であるがゆえだろ
う。

晴はその声に聞き覚えがあるだろうかと思ったけれど、もう一ヶ月以上前にほんの少し聞いただけの声など、覚えているはずもない。こんな声だったかもしれないな、という程度だ。けれど、そんなふうに思えることに少し安心した。

この分ならば、サーシェスの前に出たとして、恐《おそ》れで何も話せないなどということもないだろう。

話はすぐに、晴の返還へと移っていった。

「問い合わせのあった人物についてだが、確かに似た人物は我が国で暮らしている」

「！　そうですか！　ではすぐにでも――」

「だが、連れて行かれては困る」

サーシェスの声を遮《さえぎ》るように、フェルナンドが言う。

「な、何を言うのです？　かの者は我が国にとって、非常に重要な人物なのです」

「重要？　その割に名も知らぬようだが」

フェルナンドのいやみに、サーシェスはすぐには何も言えないようだった。しばらくしてようやく声が聞こえた。

「……深刻な手違《てちが》いがあったのです。そのため、名前すら分からないまま見失ってしまい……少し前にようやくこちらにいると分かりました」

『手違い』という言葉に、晴は呆《あき》れてため息を吐《つ》く。あのタリスという神官もそう言っていたな、と思いながら。

「しかし、それでも返すことはできない」

「そんな……！　いくらエレンタニアといえども、横暴がすぎるのではありませんか？」

「貴殿《きでん》が、ここがエレンタニアだということを分かっているようで安心した。ならば、この国に入れる者の条件も分かるだろう？」

　フェルナンドの声が楽しげなものになる。

　エレンタニアは入国が厳しい国だというのは、最初に聞いていたが、詳《くわ》しいことはここに来てから学んだ。

　入国が許されるのは、竜人とその番《つがい》、番の三親等まで、そして許可証の発行された商人といったところだそうだ。今回のように、他国からの使者も入国はできるが、入国時から監視《かんし》が付くため、自由に国を回ることは許されていない。

　つまり、竜人でも商人でもなく、この世界に家族のいない晴がここにいるのは、竜人の番であるからだと、サーシェスも分かっているだろうとフェルナンドは言っているのである。

　もちろん、サーシェスが知らないはずがない。

「ですが、番が望めば他国で暮らすこともできるはずでしょう？　かの者が我が国への帰還《きかん》を望むならば、我が国にお相手の竜人族を迎《むか》えることも可能なはずです」

「もちろん、私も番が望むならそちらの国に行くことも考えなくはない。だが、わが婚約者《こんやくしゃ》は私の立場もよく分かってくれているから、そのようなことは言わんだろう」

「今話しているのは王太子殿下《でんか》の婚約者の話ではなく――」

わずかに怒気《どき》を含《ふく》んだサーシェスの声が不意に止まった。何かに気付いたのか、フェルナンドが何かしたのかはここからでは分からないが、その沈黙《ちんもく》の意味は一つである。

「まさか、あの者が……？」

「ああ、そうだ。神官から聞かなかったか？　かの者を連れ戻《もど》したドラゴンは、金色であったと」

再び、沈黙が流れる。

「……それでも、返してもらわねばならないのです。先ほどおっしゃいましたね？　番が望むのであれば、王太子殿下であっても我が国に来ていただけると」

その声は、不思議と自信……いや、傲慢《ごうまん》さが滲《にじ》んでいた。

まるで、晴がザガルディアへ行くことに同意すると確信しているかのように。

「ああ、言ったな」

「では、もしもかの者がザガルディアに戻ると言えば返していただくということで、よろしいですか？　もちろん、返答は本人から聞かせていただきたい」

「なるほど……分かった。約束しよう。その代わり、拒否《きょひ》されたならば、早急《さっきゅう》に国へと戻り、二度とこの話を蒸《む》し返さないと約束してもらう。いいな？」

「……分かりました」

サーシェスの返答のあと、フェルナンドの指示を受けたらしい侍従《じじゅう》が控えの間までハルを呼びに来た。

「殿下がお呼びです」

その言葉に頷《うなず》いて、晴は謁見室へと足を踏《ふ》み入れた。

そのまま、椅子《いす》に座っているフェルナンドの隣まで行く。

「大丈夫《だいじょうぶ》か？」

「もちろん」

案ずるように問われ、晴は大きく頷く。当然だが了承《りょうしょう》するつもりなどない。

そこにいたのは、間違いなくあの日見かけた顔だったが、どこか窶《やつ》れているようにも思える。

しかし、晴を見た途端《とたん》その目がギラリと光った気がした。

表情には焦《あせ》りもなければ、憐《あわ》れみを誘《さそ》うようなものもなく、それが晴には不思議だ。まるで勝利を確信しているかのような、そんな顔に見える。だが、そのことに晴は逆に安堵《あんど》していた。惨《みじ》めに縋《すが》りつかれたほうが、きっと困っただろう。

謁見室は縦長の造りで、高低差こそないがフェルナンドの椅子から、サーシェスの立っている場所までは多少距離《きょり》がある。

サーシェスのうしろには、神官服を着た中年の男と、三十代ほどの護衛らしき男の二人が控えていた。そちらのほうはどちらも見覚えのない顔だ。

「この者で相違《そうい》ないか？」

フェルナンドの言葉に、サーシェスが頷く。晴の顔など大して覚えていないだろうにと思ったけれど、あの似顔絵はなかなか似ていたから、そちらを記憶《きおく》していたのかもしれない。

「晴、サーシェス殿下がそなたに話があるそうだ。返答は好きなようにして構わない。私は、そなたの判断に従おう」

番として尊重していることを見せつけるように、そう言って晴の手を取ると指先に口づける。

晴はほんのりと頬が熱くなるのを感じつつ、こくりと頷いてからサーシェスを見た。

「そなたは我が国に必要だ。今すぐ、私と共に国に戻れ」

表情と同じ、傲慢さを感じさせる言葉に、晴は思わず顔を顰《しか》めそうになったが、ぐっと堪《こら》えてただ口を開く。

「いやです」

「――――は？」

サーシェスは何を言われたか分からないというような、間の抜《ぬ》けた顔になった。

それは、サーシェスの後ろに控《ひか》えていた神官服の男も同じである。唯一《ゆいいつ》、護衛らしき男だけは悲愴《ひそう》な顔をしていたけれど。

だが晴としては、どうしてそんな顔をされなければならないのかまるで分からなかった。

もしかして、無条件に晴が従うとでも思っていたのだろうか？

怪訝《けげん》に思い、首を傾《かし》げた晴の耳元で、フェルナンドが囁《ささや》く。とは言え、この距離ならば他《ほか》の者にも届いただろう。

「実はな、あの晴に掛《か》かっていた誓約《せいやく》には、術士の指定した者の命令に従うという術まで刻まれていた」

「えっ」

そうだったのか、と晴は驚《おどろ》いて目を瞠《みは》る。

「だが、それはとっくに破棄《はき》したからな。――そなたらは知らなかったようだが」

にやにやとしか言いようのない、いやらしい笑《え》みを浮《う》かべたフェルナンドに、サーシェスの顔がみるみる赤くなっていく。怒《いか》りのあまり血が上っているのだろう。

「な、な……っ！」

「さぁ、返事は聞いたな？　約束通り、そなたらだけでさっさと国へ帰るがいい」

「ま、待て！　私は聖女を連れて帰らねば……」

フェルナンドが話は終わりだというように立ち上がったことに慌《あわ》てたのか、サーシェスが思わずというようにそう口にした。

だが、晴が聖女であることなど、こちらはとうに知っていることだ。

「ザガルディア王国には殿下が認めた聖女がいると聞いているぞ？　そちらを大事にすればいい」

「あれは偽者《にせもの》で、私も騙《だま》されたのだ！　その者を追い出すことだってエマがそうして欲しいと言ったから従ったのです。悪いのは全《すべ》てあの女なのです」

その言い分に、晴は呆れて言葉も出なかった。確かに咲茉は悪かっただろう。事故とはいえおそらく殺された晴だって、そう思う。性格も悪い。

だが、その意を汲《く》んで晴を追い出すことに決めたのは、目の前のこの男なのだ。

「別に、咲茉でも殿下でも、誰《だれ》のせいでも同じです。俺があのときすぐに死んでもおかしくないような誓約をかけられて、無一文で追い出されたことに変わりはないんですから」

例えばだが、召喚《しょうかん》に巻き込んだことを謝罪して、王宮からは出すとしても手厚く面倒《めんどう》を見てくれていたら、晴の心持ちは全く違《ちが》ったものになっていただろう。

「ザガルディア王国には何の恩義も感じないし、行く気はありません」

晴がそう言うと、サーシェスはその場に膝《ひざ》を突《つ》き、がっくりと項垂《うなだ》れたのだった。

「あれ？」

「なんだ、起きたのか？」

目の前に、見慣れた美しい顔があることに、晴は驚いてぱちぱちと瞬《しばた》いた。

とすん、と柔《やわ》らかい場所に下ろされて、状況《じょうきょう》を把握《はあく》する。

あのあと、項垂れたサーシェスを放置して、二人は謁見《えっけん》室を出た。だが、フェルナンドは国王に報告があるというので晴は先に部屋に戻ったのだ。

疲《つか》れただろうから夕食は部屋に運ばせるとフェルナンドが言ってくれたこともあり、楽な格好になってしまおうと風呂《ふろ》を使って……そのあとソファで髪《かみ》を乾《かわ》かしていたところまでは、記憶がある。

おそらく少しうとうととしてしまい、戻ってきたフェルナンドが、ベッドに運んできてくれたところだったのだろう。

「ごめん、寝《ね》てた」

「気にしなくていい。疲れたんだろう。どうする？　このまま寝てもいいぞ？」

「んー……」

少しとは言え、うとうとしたせいか眠気《ねむけ》は薄《うす》かった。フェルナンドはベッドに腰《こし》掛《か》けたまま特に移動する様子はない。

夕食を変更《へんこう》したためだろう。すでに上着もタイもない、楽な格好になっている。晴はゆっくりと体を起こした。

「陛下への報告は、問題なかった？」

「ああ。サーシェスたちは明日の朝には発《た》つそうだ。王宮内にはもういないから安心しろ」

「そっか」

納得《なっとく》したかは謎《なぞ》だけれど、エレンタニアに楯突《たてつ》くような真似《まね》はできなかったのだろう。

「……あれでよかったのかな」

「いいに決まっている」

間髪《かんはつ》を容《い》れずに返事されて、少し笑ってしまう。フェルナンドは晴に甘すぎるのだ。

「だが、ザガルディアで魔物《まもの》の対処として戦力が必要だと言えば多少は都合するとは伝えておいた」

安心しろというように髪を撫《な》でられて、晴は小さく頷く。

「まぁ、もちろん対価はもらうがな。今までザガルディアは異世界から連れてこられた聖女の働きに対して、周辺国から対価を受け取っていたのだから当然だ」

それはそうだろう。今まで無料どころか、他からの収入源にもなっていた『聖女』を使えないことは国にとって大打撃《だいだげき》だろうけれど、さすがに知ったことではない。

「ザガルディアの王が真に国民を思うならば、対処するはずだ」

その言葉に頷《うなず》いてから、ふと不安になる。

「もう一度、聖女召喚の儀《ぎ》をしたりしないよな？」

自分が逃《に》げたせいで、別の人間が召喚されるなどということがあったらと考えると、さすがにいやな気持ちになる。

けれど、フェルナンドが言うには、それはないだろうということだった。

「もしも連続して聖女が召喚できるなら、わざわざ晴を国に戻《もど》らせる理由はないだろう？」

「……確かに」

それもそうだ。

「そもそも簡単に召喚の儀が行えるのならば、あいつらのことだ、もっと多くの聖女を呼んでいてもおかしくはない。だというのに、過去にも聖女が同時に二人以上いたという話はないんだ」

召喚の儀は五十年以上の周期で行われるというし、期間を空けざるを得ないよほどの理由があるのだろう、ということだった。

例えば魔力の問題や、星の巡《めぐ》り、もしくは聖女が亡《な》くなってからでないと行えないのか。聖女召喚についてはザガルディア王国秘中の秘であり、はっきりとは分からないらしいが、少なくとも五十年より短い期間で次の召喚がされたことはないらしい。

「俺が死ぬのが条件じゃないといいなぁ」

暗殺とかしに来そうではないか？

「竜人《りゅうじん》の番《つがい》であると知りながら誘拐《ゆうかい》しようとしたくらいだ。可能性は低いだろう」

確かに。もしそうなら、あのとき晴を攫《さら》うのではなく、殺せばそれで済んだ話である。

「だがもし、そうだったとしても、絶対に守ってやるから安心しろ」

「……うん」

当然のように言われて、嬉《うれ》しさと恥《は》ずかしさに頰《ほお》が火照《ほて》る。

「あ、あと、今更《いまさら》だけど咲茉がどうしているかも、ちょっと気になったな」

咲茉に対しては好意など微塵《みじん》もないが、サーシェスのあの言い方はないと思ってしまった。

まさかとは思うが偽証《ぎしょう》罪などに問われて、処刑《しょけい》されたりしていないといいのだけれど……。

「晴は本当にお人好《ひとよ》しだな」

「……そんなことないと思うけど」

軽く尖らした唇《くちびる》を、フェルナンドがつんと指でつつく。

「まぁ、大丈夫《だいじょうぶ》だろう」

「なんか知ってるの？」

そういう言い方に聞こえて問うと、フェルナンドは苦笑《くしょう》しつつ頷いた。

「偽《にせ》聖女は、あの第二王子の子を身ごもって王宮の奥に隠《かく》されているらしいぞ」

「は？」

なんだそれ。晴は大きく目を見開いた。

実のところ、フェルナンドは晴から事情を聞いてすぐ、ザガルディアを探《さぐ》らせていたのだという。その結果、分かったことだと言うが……。

「いや待って、さすがに妊娠《にんしん》が分かるの早すぎない？」

もちろん、妊娠させたこと自体も驚《おどろ》きではあるのだが、こちらに来てまだ一ヶ月強である。

「早いか？　魔力のある者ならばこんなものだと思うぞ」

「……そうなの？」

晴も全く詳《くわ》しくないが、少なくともこちらでは、そういうものらしい。妊娠すると、腹の中にずっと相手の魔力が留《とど》まった状態になるのですぐに分かるのだとか。

「いやでも、ええー……？　巡礼《じゅんれい》する予定だったのに……？」

妊娠させるとかアホでは？　と正直、思ってしまう。

「あの男も油断していたのだろう。聖女が子どもを産んだという話は、これまで聞いたことがないからな」

「そうなんだ？」

だが、別におかしな話ではないのかもしれない。なんとなく、聖女というと処女性が求められそうなイメージもある。

けれど、さらに話を聞くと、どうやらそういうことでもないらしい。

聖女は王家に嫁《とつ》ぐのがザガルディアの伝統ではあるが、相手は常に継嗣《けいし》以外と決まっていて、それは聖女に子ができないからなのだという。

「歴代の聖女がどうだったかまでは知らないが、晴の魔力が聖女として平均的なものだとするなら、人族の男との間に子をもうけることなど無理だろう」

魔力の量が違《ちが》いすぎると、子どもができないのだという。唯一《ゆいいつ》の例外は番だが、この場合は当然当てはまらない。聖女の魔力は多すぎるため、ザガルディア国では王族といえども、それに到底《とうてい》能《あた》わず、子をもうけることができなかったのだろう。

だが、咲茉は聖女ではなかったために、それほど魔力もなく、孕《はら》んでしまったということらしい。

「王子の子を身ごもっているとなれば、簡単に始末されることもないはずだ」

「そうなんだ……」

先ほどの『大丈夫』はそういう意味だったのだろう。

晴はほっと息を吐《は》いた。フェルナンドがそんな晴を見て苦笑しつつ、愛《いと》おしくて仕方ないというように横から抱《だ》きついてきた。

「気に掛《か》けてやる必要などないだろうに」

「確かにそうなんだけど……まぁ、突然《とつぜん》こっちの世界に連れてこられたって意味では同じ立場ではあるし」

それに、晴が聖女だったというなら、巻き込まれたのは咲茉のほうだということになる。

そうだとしても、それは咲茉が自分を突《つ》き落としてもろともに落下したせいなので、罪悪感うとは持たないけれど。

「だが、先ほどのサーシェスの物言いでは、偽聖女は晴をザガルディアの城から追い出すように言ったのだろう？」

そう問われて、そうだけど、と頷く。

「異国どころか世界すらも違う場所で、庇護《ひご》もなくうち捨てるのは、死ねというのも同じだ。元の世界でも殺され、こちらでも……となれば晴が偽聖女を気にとめる必要など何もないと思うがな」

「まぁ……それは確かに……」

階段から落とされたときも、城から追い出せと言ったときも、咲茉は晴が死ぬことまで望んでいたわけではないと思いたい。そこまで命を軽く見てはいないだろう。だが、結果として晴は死んだり、死んでもおかしくない状況《じょうきょう》になったりしている。

そう考えると、フェルナンドにお人好しと言われても仕方ないのかもしれない。そんなつもりは本当にないのだけれど……。

「とりあえず無事だと分かったし、今後は考えないことにする」

「それでいいと思うぞ」

「……ありがとう」

よしよしと頭を撫《な》でられて、晴はフェルナンドに寄りかかったまま、小さな声で呟《つぶや》いた。

「憂《うれ》いが晴れたようでよかった」

「フェルのおかげだよ」

　本当に、何もかも。

　この世界に来てからいろいろなことがあったけれど、フェルナンドが自分を見つけてくれたから、今自分は幸せを感じることができているのだと思う。

　フェルナンドに出会わなくても、生きてはいたかもしれない。けれど、この世界に根を下ろしてここで生きていこうと思えるまでには、長い年月が必要だっただろうし、幸せだと思えるまでにはさらに時間が掛かっただろう。もちろん、ザガルディアに連れ戻されて、聖女として働かされる未来だってあったはずだ。

　けれど、なんだろう？　フェルナンドとの出会いは、そういう、不幸を避《さ》けるための手段としてのものではなくて……。

「――……フェルに会うためだったのかな」

「うん？」

「俺がこの世界に来たのって、本当に、俺の魂《たましい》がフェルの片割れだったからなのかもな……って、い、いやなんでもない」

　言ってから、自分でも何を言っているのかと恥ずかしくなって、晴は熱くなった頬を手のひらで覆《おお》う。

フェルナンドはそんな晴を強く抱きしめると、ベッドに押し倒《たお》した。

「夕食は、諦《あきら》めてくれ」

「え……んっ」

頬を覆っていた手はフェルナンドによって外されて、そのまま唇にキスされる。

もう何度重なったか分からない唇なのに、キスされれば胸が高鳴る。いや、何度されたか分からないからこそ、かもしれない。

晴の体は、このあとに起こることを、知っているから……。

エレンタニアに着いてから、もう何度肌《はだ》を重ねたか分からない。番である晴とフェルナンドの寝室《しんしつ》は結婚《けっこん》式を挙げる前であっても当然のように一緒《いっしょ》で、ほとんど毎晩のように求められているのだ。

「ふ、んぅ……っ」

自然に開いてしまう唇は、フェルナンドの舌を躊躇《ためら》うことなく迎《むか》え入れる。口の中をかき混ぜられるだけで気持ちがよくて、こんなの拒絶《きょぜつ》できるわけがなかった。

ズボンから引き出されたシャツのボタンが外されて、手のひらが肌を撫でる。

「晴……晴……」

「ん……ふ……ぁっ」

耳の下や首筋、鎖骨《さこつ》を吸い上げられ、脇腹《わきばら》を撫で上げられて、晴はくすぐったさと快感の間

で体を震《ふる》わせる。けれど、手のひらで撫でられたことで、わずかに硬《かた》くなった乳首《ちくび》を攻《せ》められると、一気に快感が高まった。

「あ、あぁ……っ」

指先でくるくると円を描《えが》くように撫でられて、ますます尖《とが》った場所を今度はぎゅっと押しつぶされる。繰《く》り返されるたびに下腹部に熱が溜《た》まっていくのが分かる。

その上、今度は指で弄《いじ》っているのとは反対の乳首に唇《くちびる》で触《ふ》れられた。キスをして、舌で舐《な》めて、吸い上げられる。

「あ、んっ……フェル……も、そこばっか……っ」

今度はきゅっと摘《つ》まんだ指の間で、紙縒《こよ》りでも作るかのように擦《こす》られて、舌で押しつぶされて……。

抱かれるたびにしつこく弄られるせいで、ますます敏感《びんかん》になっている乳首に執拗《しつよう》に触れられて、それだけでどんどん体の熱が上がっていくのが分かる。

「いやではないだろう?」

「そ、れは……あぁっ」

ピン、と指先で弾《はじ》かれて、痛みと同時に快感を覚えてしまったことに、頬《ほお》が熱くなる。ごまかしたかったけれど、零《こぼ》れた声はあからさまに濡《ぬ》れていた。

「そろそろ、ここだけで達することができるんじゃないか?」

「んっ、そ、なの……無理……っ」

ほんの小さな尖りなのに根元から扱《しご》くようにされて、晴は否定しつつも膝《ひざ》を擦り合わせる。そこが、乳首への刺激《しげき》だけで熱を孕んで硬くなっていることは分かっていた。けれど、このままイクまで乳首だけを弄られるなんて、冗談《じょうだん》ではない。

それに、乳首への刺激に反応しているのは、そこだけではなかった。もっと奥、フェルナンドを受け入れる場所がひくひくと切なく疼《うず》いている。

抱かれるようになってそれほど経《た》っていないのに、とは思うけれど、これは単に毎晩の交接のせいというだけでなく、洗浄《せんじょう》用スライムのせいもあると思う。

フェルナンドに使われたくなくて、あれ以来晴は自分でするからと、洗浄用スライムは寝室ではなく、浴室のほうにおいてもらい、風呂《ふろ》を使う際に自分で使用しているのである。もちろん、先ほどうたた寝《ね》をしてしまう前にも使った。

あのスライムには中をきれいにするのと同時に、中を柔《やわ》らかくして広げる効果もある。だから、晴の体はすぐにフェルナンドが欲しくなってしまうのだ。

それでも、目の前でスライムに身悶《みもだ》えるところを見られるよりずっとマシだと、晴は思っていた。

けれど、こんなときはさすがに辛《つら》い。フェルナンドだって、それは分かっているはずなのである。

「も、意地悪、するなよ……っ」

軽く睨《にら》んで強引《ごういん》に胸元《むなもと》を隠《かく》すと、フェルナンドは楽しそうに笑う。

「意地悪などしていないが、隠されては仕方ない。それに——実は俺も早く、晴の中に入りたいと思っていたんだ」

「っ……」

羞恥《しゅうち》に頬が燃えるように熱くなり、晴は言葉を失った。

「晴もそう望んでくれていると思っていいんだろう？」

そう訊《き》かれて、晴はしばらく返答に迷ったのち、結局こくりと頷《うなず》く。これ以上焦《じ》らされるのは、ごめんだった。

フェルナンドは晴が頷くやいなや、下着ごとズボンを取り去ると、晴の膝の間に入り込む。

そして晴の膝裏に手をかけると、ぐっと持ち上げた。

恥《は》ずかしい体勢に、晴は羞恥に腕《うで》で顔を覆い、体を震わせる。

フェルナンドの指が、晴の窄《つぼ》まりに触れた。表面を指で撫でられると、そこは指を呑《の》み込もうとするかのように、物欲しげにひくついてしまう。

けれど今度は焦らすつもりはないらしく、すぐに指が中へと入り込んできた。

「あ、ん……んっ」

ぐるりと中をかき混ぜるように指が動き、すぐに抜《ぬ》かれる。

「上手に準備できているな」

「残念そうに、言うなよ」

フェルナンドは、できれば自分で晴の準備をしたいらしい。それについては晴が一歩も譲《ゆず》らないのだけれど。

膝を開かせるようにして覆い被《かぶ》さってくるフェルナンドの背に、ぎゅっと抱《だ》きつく。

硬いものが、広げられてぱっくりと口を開いた場所に押し当てられた。

「あっ、んんっ……」

ぐぐっと腰《こし》を押しつけられて、中を押し開かれる。太い場所で中を擦られると、気持ちよさに背中が撓《しな》った。

「ああっ、んっあっ、あぁ…っ」

奥のほうを突《つ》くように小刻みに揺《ゆ》らされて、中をきゅうきゅうと締《し》めつけながら、晴は快感に濡れた声を零す。

「晴……君の中は、本当に気持ちがいい。絶対に逃《に》がさないというように、俺をきゅうきゅう締めつけて……」

「んっ、お、れも……あっ」

隙間《すきま》なく埋《う》められている感じが、少し苦しくて、なのに嬉《うれ》しいと思う。本当に一つになっている気がして。

――番《つがい》は魂《たましい》の片割れ。

もしそれが本当なら、この充足感《じゅうそくかん》はようやく一つに戻《もど》れたからこそのものなのだろうか。

分からない。けれど、どっちでもよかった。ただここに、快感だけでなく、幸福があることが全《すべ》てだと思う。

「晴…っ……」

徐々《じょじょ》に腰の動きが大きくなって、快感も同じように膨《ふく》らんでいく。

何度も何度も奥までフェルナンドのものを埋められて、擦られる内壁《ないへき》も、激しく突かれる奥も、全部気持ちがよくて……けれど、これはまだ終わりではないのだ。

「あ、あっ…フェル……っ、イク……中で…出して…っ」

「晴……！」

そうして、深い場所に突き入れられて絶頂を迎え、ひときわ強く締めつけた瞬間《しゅんかん》、フェルナンドが自分の中でイッたのを感じて、晴はさらに強い快感を覚えた。がくがくと体が震えるのを止めることができない。

奥が熱くて、そこから溶《と》けてしまうのではないかと思うほど気持ちがよくて……。

「晴……そんなに気持ちがいいのか？　搾《しぼ》り取ろうとするみたいに締めつけて」

「ん……はぁ……フ、フェル、だって…また、ぁっ……大きく、してるくせに……っ」

晴が中を締めつけるたびに、一度は硬さを失ったものが、少しずつ硬度《こうど》を取り戻していくのがはっきりと分かる。

「あぁ、一度では到底《とうてい》足りない」

「ひぁ、あっ」

自分で出したもので濡れた腹を、フェルナンドの手がぐっと押す。腹の中と外、両方から圧《あっ》迫《ぱく》されて、晴は気持ちよさに喘《あえ》いだ。

「ああ、まだ、ここもかわいがり足りなかったしな」

「あ、あっ、ひ、んっ」

先ほど散々弄《いじ》られた乳首を摘まれる。

「こうして刺激するたびに……ほら、中を締めつけてくる」

「や、あっ、あぁっ」

「その上、自分から腰を振《ふ》って、本当に可愛《かわい》いな」

仕方がないではないか。そうして腹や乳首《ちくび》を弄りながらも、フェルナンドは中の締めつけを楽しむばかりで、動いてくれない。

晴のほうは、もっと激しくかき混ぜてほしくて堪《たま》らないのに……。

「も、やぁ……っ、動いて…」

「動いているだろう？」

言葉と共に乳首を弄る指が、尖《とが》りを押しつぶす。晴が求めているのが、そんなものではないと分かっているくせに。

「いじ、わる……っ」

快楽のあまりに潤《うる》んだ目で睨むけれど、フェルナンドはそんな晴にどう見ても喜んでいる。

「晴があまりにもかわいいからだ。——どう、動いてほしい？　晴に強請《ねだ》られれば、俺は何でも叶《かな》えるぞ」

「っ……中、もっと、ぐちゃぐちゃになるくらい……かき混ぜて、いっぱい擦《こす》って……」

そうされているのを想像するだけで、中がひくひくとフェルナンドのものを食《は》んでしまう。

「それで？」

「お腹《なか》、いっぱいになるまで、中で、出して……っ」

絶対言わせたいだけだと分かっているけれど、晴はそう言いながら自分の濡れた腹を撫《な》でるフェルナンドの手に、自分の手を重ねる。

フェルナンドの美しい金の瞳《ひとみ》が、これ以上ないほど強い欲に輝《かがや》く。

「——ああ、そうしよう」

「ん……」

目を覚ますと、夜明け前だった。

太陽が地平に顔を出す前の薄青《うすあお》い世界。

それに気付いたのは、カーテンが完全には閉まっていなかったからだ。隣《となり》では、フェルナンドが規則正しい寝息《ねいき》を零《こぼ》している。

晴はそっと体を起こすと、フェルナンドを起こさぬよう気をつけてベッドを降りた。あれだけ抱かれたのだから当然だけれど、腰が重い。

最初はただ、もうちょっと眠《ねむ》ろうと思って、そのためにカーテンを閉めるつもりだっただけだ。

けれど、晴が窓辺にたどり着いた途端《とたん》、遥《はる》か先がちかりと光り、夜が明けた。ここは城の三階で、下にはここに来たときに降り立ったのとは別の空中庭園がある。

そこにさぁっと朝日が差すのが美しくて、気付けば晴はベランダに出ていた。

美しく磨《みが》かれた手すりに寄りかかり、庭を見下ろす。花の名前など、全く分からないけれど、朝日に照らされ、風に揺れるそれをきれいだと思う。

不意に、実家にある小さな庭のガーデニングスペースを思い出した。

母親は虫が嫌《きら》いなのに花が好きで、父も晴も弟も、散々虫取りに駆《か》り出されたものだ。

そんなことを思い出したのは、ようやくザガルディアとの問題が終わって、心に余裕《よゆう》ができたからだろうか……。

もう、会うことのできない、家族を思い出すなんて。

つきりと、胸が痛んだ。

ギクシャクしてしまったし、旨《うま》くいっていない関係だったけれど、愛されていないとまでは思っていない。

大学入学以来、会っていなかったけれど、それでも学費を納めてくれて、仕送りもしてくれていた。

就職が決まったら、一度くらい思い切って顔を出してみようと思っていたけれど……。

「っ……」

ぽろりと、涙《なみだ》が頬《ほお》を伝い落ちるのを感じながら拭《ぬぐ》うこともせずにただ祈《いの》る。

どうか、自分がいなくなったことで、家族が苦しみませんようにと。

神など信じていないし、女神《めがみ》ルディアなど崇《あが》めたくもないと思っていたけれど、今は少しだけ、この世界には神がいるのかもしれないと思う。

自分は確かに、魂の片割れを見つけたと思うから。

「……晴？」

少し眠そうな声で名前を呼ばれて、晴はハッとして涙を拭う。

振り返ると、フェルナンドがベランダに出てくるところだった。眠そうだった目が、驚《おどろ》きに見開かれる。

「――……泣いていたのか？　どうした？　何かあったのか？」

心配そうな声で矢継《やつ》ぎ早《ばや》に問われて、晴は笑う。

「何でもない」

「だが……」

「ちょっとだけ、家族のこと考えてた」

「……そうか」

フェルナンドはそう言うと晴の隣に立ち、そっと肩《かた》を抱《だ》いてくれる。

「ご家族のこと、訊《き》いてもいいか？」

静かな声に、頷《うなず》く。

「両親と弟の四人家族で、弟は今年高校卒――ええと、十八歳なんだ。あんまり仲はよくなかったけど、子どもの頃《ころ》は懐《なつ》いてた」

「晴に似てるのか？」

「んー、あんまり似てなかったな。大人しいやつで、俺に構われるの迷惑《めいわく》そうにしてた。反抗《はんこう》期だってのもあったと思うけど」

晴がカミングアウトしたとき、弟はそこにいなかった。晴がゲイであることを弟が知ったかは分からない。けれど、大学に入ってから一度だけ、帰ってこないのかとスマホにメッセージをくれたのは弟だった。

「俺、両親と旨く行ってなかったんだ。でも、弟にはそのうち帰るって、言ったんだけど……帰れなくなっちゃったな」

そう言って晴が笑うと、肩を抱くフェルナンドの手に少し力が籠《こ》もった。

「笑わなくていい」

「……でも、俺、幸せだから」

そう言って、フェルナンドを見上げると、フェルナンドは虚《きょ》を衝《つ》かれたような顔をしていて、晴は思わずまた笑ってしまう。

「フェルナンドに会えたから、幸せになれた。だから、家族もどうか、俺がいなくなったことで悲しまないで欲しいなって考えてたんだ」

「晴が、幸せなら、それでいい」

「うん。――――それも、フェルのおかげだよ」

フェルナンドに会えたから、晴はこの世界に喚《よ》ばれたことをもう嘆《なげ》かない。

魂《たましい》の片割れ。

求めずにはいられない相手。

それが番《つがい》。

番だから好きになったわけではない。けれど好きな人の魂の片割れが、自分の魂だったことが嬉《うれ》しいと思う。

フェルナンドが前に言っていた『ハルが番でよかった』という言葉の意味を、晴は本当に、自分のこととして心から理解した気がした。こんなふうに、心の奥から震《ふる》えるような幸福を感じて……。

フェルナンドはずっと、こんな気持ちを自分に抱《いだ》いてくれていたのだろうか。

そう思うと、愛《いと》しいと思う気持ちが、止めどなく溢《あふ》れてくる。

「フェル……」

「どうした？」

柔《やわ》らかい声で促《うなが》してくれるフェルナンドに、晴は微笑《ほほえ》む。

「フェルが、俺の番でよかった。……フェルのこと、本当に愛してるから」

フェルナンドはそんな晴をどこか眩《まぶ》しそうに見つめ……。

「俺も、愛している」

泣きそうな顔でそう言うと、晴の唇《くちびる》にそっとキスをした。

あとがき

はじめまして、こんにちは。天野《あまの》かづきです。この本をお手にとってくださって、ありがとうございます。

最近、昼間は暑いので、がんばって夜に寝《ね》ようとしているのですが、大抵《たいてい》失敗して変な時間に寝ているわたしです。皆様《みなさま》いかがお過ごしでしょうか。健《すこ》やかな睡眠《すいみん》が取れているといいのですが……。

なんとかこう、普通《ふつう》に夜に寝て朝に起きることができないものかと思っています。夏バテになる前になんとかしたいものです。

今回は、聖女召喚《しょうかん》に巻き込まれた受のお話です。

聖女じゃないからと城から追放され、番《つがい》を捜《さが》して旅をしている竜人《りゅうじん》の攻《せめ》に助けられる。聖女じゃないはずの受にはチートと言っていいほどの魔力《まりょく》があり、それを国に利用されまいと竜人の国へと向かうのですが……という感じでしょうか。

すでにお分かりかと思いますが、タイトル通りの内容です。こういったタイトルを一度付けてみたかったので提案させていただいたのですが、OKが出てとても嬉《うれ》しかったです。カバーの背のタイトルが二行になったことには、驚《おど》きました。

あと、ファンタジーBLを書くからには、いつかスライムを使いたい、とずっと思っていたので、今回ようやくそれが書けて嬉しかったです。ついに願いが叶《かな》いました。楽しんでいただけるといいのですが……。

イラストは、蓮川愛《はすかわあい》先生が引き受けてくださいました。カラーもモノクロイラストも拝見させていただいたのですが、どちらも大変に素敵で眼福でした……。

カバーのフェルナンドのお顔の麗《うるわ》しさはもちろんなのですが、尻尾《しっぽ》がとてもかっこいいので是非《ぜひ》帯を取って見てみてくださいね。晴《はる》はぽやんとした感じなのにどこか色気があって素敵です。個人的には、二人が手を繋《つな》いで歩いているイラストが特にお気に入りだったりします。素晴らしいイラストをありがとうございました。

さて、少しだけ宣伝ですが、現在コミカライズが二冊刊行されています。『獣王のツガイ』『蛇神様と千年の恋』で、どちらも作画は陸裕千景子《りくゆうちかこ》先生です。機会があれば是非、よろしくお願いします。

そして、担当の相澤《あいざわ》さんには今回も大変お世話になりました。なぜかいつもよりずっと長くなってしまって、締《し》め切《き》りが押《お》してすみません……。弱音にも付き合っていただき、いつも本当にありがとうございます。

最後になりましたが、この本を手に取ってくださった皆様、ありがとうございました。少しでも気に入ってくださったところはあるでしょうか。楽しいと思える時間が少しでもあればいいなと心から願ってやみません。

では、暑い日が続きますが、お体に気をつけてお過ごしください。皆様のご健康とご多幸をお祈《いの》りしております。

二〇二三年　六月　　天野かづき

聖女《せいじょ》じゃないと追《お》い出《だ》されましたが
竜人《りゅうじん》に愛《あい》されて幸《しあわ》せです
天野《あまの》かづき

KADOKAWA RUBY BUNKO

角川ルビー文庫　23795

2023年9月1日　初版発行

発行者――山下直久
発　行――株式会社KADOKAWA
〒102-8177　東京都千代田区富士見2-13-3
電話 0570-002-301(ナビダイヤル)
編集企画――エメラルド編集部
印刷所――株式会社暁印刷
製本所――本間製本株式会社
装幀者――鈴木洋介

ISBN978-4-04-113999-8　C0193　定価はカバーに表示してあります。

貴方を手に入れるためだけに、
俺は王になったんだ。
獣人の求婚
蓮川愛
イラスト・天野かづき
敗戦国の王子・エリオルは、相手国の獣人の王に要求され、男であるにも関わらず嫁ぐことに。幼い頃に出会った獣人の子に、すでに番の証をつけられていたエリオルは死を覚悟して獣人の国に向かうが…？
獣人の王と敗戦国の王子が贈る
運命の異類婚姻譚
大好評発売中
KADOKAWA 角川ルビー文庫